傲慢悪役令嬢は、
優等生になりましたので

Saijo Masato
西条雅人
私立凰空学園高等部に通う
三年生で、生徒会副会長。
常に軽薄な態度で立花には
嫌われているが、
心を入れ替えた立花を
真っ先に認めた人物。
Otsuka Takashi
王塚貴史
私立凰空学園高等部に通う
二年生で、生徒会庶務担当。
幼い頃からの立花の婚約者。
一度目のタイムリープ以降、
必ず立花との婚約は解消され、
真理亜の婚約者になる。
Aikawa Ritsuka
相川立花
私立凰空学園高等部に
通う二年生。
父親の権力を使って生徒会に
所属、広報担当。
転入生の真理亜をいじめたことで
婚約破棄され没落したが、時間が
巻き戻ったことをきっかけに、
心を入れ替える決意をした。
協力者とともに、
どうすればタイムリープが
終わるのかを探っている。

登場人物紹介
Minami Koki
南光輝
私立凰空学園高等部に通う三年生で、生徒会会計担当。立花の母方の従兄で、何かと気にかけてくれる。屋上で居眠りしていることが多い。
Toi Minoru
東井實
私立凰空学園高等部に通う三年生で、生徒会会長。「生徒会役員たるもの試験では必ず良い成績を収めるべき」が口癖で、コネで入ってきた立花を嫌っている。
Kahoku Akira
河北彰
私立凰空学園高等部に通う二年生で、生徒会書記担当。園芸部に所属しており、よく花壇の花に水をやっている。手先が器用で、キーホルダーを自作することも。
Ryuonji Maria
龍恩志真理亜
4月から立花のクラスに転入してきた特待生。庶民として転入したが、実は相川グループより格上の龍恩志グループの息女であることが明らかになる。生徒会では庶務担当。胸元に翡翠のブローチをつけている。

プロローグ

――大事な話がある。

昼休みにそう呼び出され、私――相川立花《あいかわりつか》は空《あ》き教室に向かっていた。空《あ》き教室の中に入ると、すでにそこにいた彼が私を振り返る。

「お前、真理亜《まりあ》をいじめただろう。……お前は、昔からそうだった」

そう吐き捨てた瞳には、侮蔑《ぶべつ》の色が灯っていた。

「俺に近づく女子生徒を排除しようと、躍起《やっき》になって」

「……それの、何がいけないの」

だって、私は、あなたの婚約者。そして、あなたは私の初恋の人。それなのに、身の程知らずにもあなたに近づいた庶民。排除して当然でしょう。

私がそう言うと、彼――王塚貴史《おうつかたかし》は、顔をしかめた。

「全く反省の色が見られないな。真理亜は、ただの俺の友人だ。それとも、友人を持つことすら俺には許されないとでも？」

「貴史さんが友人だと思っていたとしても、あの子は色目を使っていたもの！」

間違いない。あの子は、貴史さんに好意を抱いている。

「じゃあ、聞くが。だったら、いじめてもいいのか？　違うだろ。……もう限界だ。俺たちの婚約は、解消させてもらう」

「そんなことできるわけないわ。だって――」

「『相川グループの方が、王塚グループよりも格上』だから、か？」

先に言われたことに驚き、けれど、すぐに頷く。

「そうよ、だから……」

貴史さんが私をどう思っていようと、この婚約は継続される。

そう続けようとしたら鼻で笑われた。

「果たして本当に今でもそうなのか、ご両親にでも確かめてみるといい」

「え？」

相川グループが王塚グループに劣る？

そんなことあり得るはずないのに、胸騒ぎがする。思わず胸の前で手をぎゅっと握りしめたちょうどそのとき、ポケットの中の携帯電話が鳴った。

父からだ。タイミングの良すぎる電話に一瞬ぞっとしたけれど、気持ちを切り替える。

そうだ、貴史さんの言う通り、父に確認すればいい。きっと笑い飛ばしてくれるだろう。相川グループは変わらず安泰だと。

「──なんてことをしてくれたんだ！」

けれど私にかけられたのは、怒声だった。私を溺愛している父が、私に対して声を荒らげることはめったにない。そのことにひどく動揺する。

「……お父様？」

「お前がいじめた子は、かの龍恩志《りゅうおんじ》グループの唯一のご息女だったんだ！」

龍恩志グループは、私の実家である相川グループの大口の取引先だ。相川グループは王塚グループよりは規模が大きい。けれど、龍恩志グループと比べれば、明らかに格下だった。

でも、まさか、あの子が、龍恩志の唯一の息女？　だって、あの子の苗字は龍恩志じゃ──

「……とにかく、お前のせいで契約は打ち切られた！　これで、相川グループは否が応でも、規模を縮小することになるだろう。今は、まだ学園にいるんだな？　迎えの車をよこすから、家に帰ってきなさい」

と、私の返事を待つことなく、電話はそこで一方的に切られた。

「そんな、そんなの……っ」

あり得ない。夢じゃなければ、こんなことあり得ないわ。

現実を認められなくて首を振る私を憐れむように一瞥《いちべつ》すると、貴史さんは空《あ》き教室を出ていった。

──それからしばらくして、迎えの車がやってきた。

その道中も私は、悪い夢なら早く覚めて、とひたすらに願っていた。まだ、夢だと信じていたかったから。

けれど自宅に着き、父と母の――失望と不安がないまぜになった表情を見て、ようやく私は、これは現実なのだと思い知ったのだった。


それからの、相川グループの衰退はすさまじかった。龍恩志という大口の取引先を失った相川グループは、その規模を徐々に縮小し、没落の一途をたどった。

当然、今までのような豊かな暮らしを維持できるはずもなく、いわゆる御曹司やご令嬢ばかりが通う私立凰空《おうくう》学園から公立の高校へと転校、住居は豪邸からおんぼろのアパート暮らしになって、貴史さんとの婚約も解消された。

かび臭いアパートで、横になりながら願う。

――神様、もう一度チャンスをもらえるなら、もう二度とこんな真似はしないから。だからもう一度、私にチャンスをください。

第一章

巻き戻った時間

そう願った翌朝。目を覚まし、まず目に入ったのはもはや見慣れた、ヒビの入った天井——ではなかった。

「えっ⁉」

そこにあったのは、かつて私が住んでいた豪邸の天井だった。

思わずがばりと体を起こして、辺りを見回す。品良く調《ととの》えられた家具も、ふかふかのベッドもかつてのままだ。これは、いったいどういうことかしら。

私が眠っている間に、父や母が私を運んだのだろうか。一瞬思い浮かんだその思考を振り払う。

私を驚かせるためだけに父や母がこんなことをするはずがないし、そもそもあの家は、すでに別の人の手に渡っている。

まさか、神様が本当にやり直すチャンスをくれた？

……なんて、そんなことが本当に起きたなら、これ以上嬉しいことはないけれど。さすがに都合が良すぎるだろう。

これは夢に違いない。

このまま眠って次に目を覚ましたら、現実の世界に戻るだろうか。そう思って、もう一度ベッドに身を沈めたとき、扉をノックする音が聞こえた。

「お嬢様、そろそろ起きられませんと、学園に遅刻いたしますよ。確か、今日から新年度でしょう」

かつて家のお手伝いをしていた、山本《やまもと》さんの声がする。

どうせ夢なのだからと無視を決め込み、布団を被った。けれど、眠気はちっともやってこないし、ノックの音は止まらない。しぶしぶベッドから身を起こして身支度を整えた。

この制服に袖を通すのも、夢とはいえ、いつぶりかしら。

そんなことを考えながら扉を開けると、山本さんがにっこりと微笑みを浮かべる。

「お嬢様、起きていらしたのなら返事をしてくだされば良かったのに。朝食ができておりますよ」

「……ええ、ありがとう」

夢なのに、学園に行かなくてはならないなんて。悪態をつきそうになりながら階段を下りてリビングに向かうと、すでに朝食をとっていた父と母が顔を上げた。

夢だからか、父も母もやつれておらず、瞳は生気に満ち溢れている。

「おはよう、立花」

「おはようございます、お父様、お母様」

席に着き、朝食に手をつけると、父が口を開いた。

「今日から二年生だろう。頑張りなさい」

「はい、お父様……え？」

今日から二年生。それはつまり、今日はあの庶民――いえ、本当は龍恩志の息女だったかしら――の、転入してくる日、なんて。

もし、これが夢でなければ、あの日々をやり直せるのに。

もう二度とあの子をいじめないし、貴史さんに執着するのもやめる。

そうしたら、きっと。全部、上手くいくのに。

「立花、いったいどうしたんだ？　あまり強く噛むと痕が残る」

父にそう言われて、強く唇を噛みしめているのに気づいた。痛い。……痛い？

「立花ちゃん、どうしたの。さっきから様子が変よ」

急に頬をつねりだした私を、今度は母が怪訝そうな顔で見た。

……夢の中では、頬をつねっても痛くないと言うけれど。普通に痛いわ。

まさか、これは夢ではないの？

もし。もしも。これが現実で。神様が、私の願いを聞き届けてくださったのならば。

がたん、と音を立てて立ち上がった私に、二人は不思議そうな顔を向ける。

「お父様、お母様。私、今日から心を入れ替えます！」

だって、やり直せるならやり直したい。そう思っていたんだもの。そのチャンスが与えられたのなら、それを掴《つか》みたい。

「……心を入れ替える？」

父と母が首をかしげた。

「はい。私、今日からいい子になります」

「何があったかは知らないが、立花は十分いい子だよ。……ただ、苦手な勉強を頑張るのはいいことかもしれないいな」

そうだ。私は、勉強が大嫌いだ。でも、これからは勉強も頑張ろう。

「それより、いいの？　立花ちゃんは生徒会に所属していたでしょう。入学式に参加しなくてはならないんじゃないかしら」

母の言葉にはっとする。そうだった。本来なら、成績の良い生徒しか入れない生徒会執行部に、父のごり押しで広報担当として入ったのだ。

急いで朝食を切り上げ、車をまわしてもらう。

「いってきます！」

――入学式には、なんとか間に合った。

今日は、式に参加しなければならない生徒以外は休みなので、入学式が行われていたホールの片付けが終われば解散だ。

片付けが終わった後、生徒会担当の先生を見つけ、声をかける。

「あの、お話があるのですが。今、お時間よろしいですか？」

「ん、ああ、相川さん。構いませんよ、どうしましたか？」

「あの、私、実は生徒会執行部を辞めたい――」

元々、貴史さんと一緒にいたくて力ずくで入った生徒会だ。仕事はそれなりにこなしていたと思っているけれど、本来の私の学力なら到底入れない。

だから、いい子になるには、まず私がしでかした間違いの一つを正すべきだと思った。

「なんだ。無理やり入ったのに、今度は仕事を放りだすのか」

けれど、私の言葉は貴史さんに遮られた。まだ、残っていたらしい。

「私は、本来のあるべき姿に戻したいだけよ」

「一度捻《ね》じ曲げたのなら、最後まで貫き通せよ。それが、責任だろう」

貴史さんは心底呆れたといった顔をした。確かに貴史さんの言っていることは、もっともだ。

唇を噛む。それらしい言葉を並べたけれど、それはいい子になるためじゃなくて、結局のところ私が一番に考えているのは自己保身だ。そんな考えが見透かされている気がした。

だって。生徒会には、私と違って実力で、あの子が入ってくる。あの子がきっかけで家が没落したからには、接触を避けたかった。

「まぁまぁ、相川さんも考えて出した結論でしょう。でも、せっかく今まで頑張ってきたのですから、もう少し続けませんか？」

あの子に関わりたくない気持ちはある。でも、貴史さんの言っていることも正しい……。

「……あの、先生。貴史さんの言う通りです。辞めるというのは撤回させていただけますか？」

「わかりました。じゃあ、今まで通り、頑張りましょう」

先生は「では、転入生を待たせているので」と言って職員室に帰ってしまった。この転入生というのが、おそらくあの子のことだろう。

私も家に帰ろうと、ホールを後にする前に、ふと、貴史さんに話しかけた。

「貴史さん」

「なんだ」

貴史さんは相変わらず不機嫌そうな顔をしている。

「もし、貴史さんにお好きな方ができたら、いつでも婚約を解消するわ。……では、失礼しますね」

貴史さんに執着しない。この恋心を捨てるのだ。

そうすれば、今度こそあの子をいじめたりしない。

「急に、なんなんだ。あいつ」

ホールを出ていく私を見つめる貴史さんの、不可解なものを見るような目には、気づかなかった。

「お父様、お願いがあります」

家に帰って、仕事から帰ったばかりの父に早速お願いをする。

「どうしたんだ、急に改まって。何か欲しいものでもあるのか？」

「いいえ、欲しいものではなく。私に家庭教師をつけてほしいのです」

私が生徒会に無理やり入ってしまった事実は変えられない。だったら、せめて、自分の学力をそれに見合ったものにしたかった。

「それはもちろん構わないが。今朝から、変だな。熱でもあるんじゃないか？」

「まぁ、立花ちゃん、大丈夫？」

父と母が心配そうに私を見る。

「いいえ、大丈夫です。お父様、お母様。私、心を入れ替えました」

私はわがままで傲慢《ごうまん》でどうしようもない、娘だった。私のせいで、相川の家が没落し、父と母にとても苦労をさせた。でも、もう、そんな真似はしたくないから。

いくら大丈夫だと言っても心配し続ける父と母により、いつもよりずいぶんと早く眠らされることになった。

眠るのは、少しだけ怖い。眠って起きたら、また、あのかび臭いアパートの一室なんじゃないかって。けれど、眠りたくないという意思とは反対に、瞼《まぶた》は重くなっていった。

陽光で、目を覚ます。すぐに体を起こして辺りを見回した。

「……良かった」

これが、現実か夢かはわからないけれど。どうやら私はまだ、やり直せる機会を与えられているようだった。

制服に着替えて髪を梳《と》いていると、扉がノックされた。山本さんだ。

「お嬢様、朝ですよ」

「今、行くわ」

リビングに向かうと、父は機嫌が良さそうな顔をしていた。どうしたんだろう。

「今日は貴史くんが立花を迎えに来るそうだ」

「えっ？」

「仲良くやっているようで、安心したよ」

貴史さんが？　一緒に登校するなんていつ以来だろう。それも、貴史さんの方からの誘いだなんて。何か急ぎの用事でもあるのだろうか。

「お嬢様、王塚様がいらっしゃいましたよ」

疑問に思いつつも、朝食をとり、身支度を整えていると、山本さんに声をかけられた。

「ありがとう」

最後にもう一度、鏡でおかしいところがないか確認して、玄関に向かう。

山本さんの言う通り、車は門のところに停まっていた。

運転手の方がドアを開けてくれたので、お礼を言って車の中に入る。

「おはようございます、貴史さん」

「……ああ、おはよう」

車の中の貴史さんは相変わらず不機嫌そうな顔をしていた。いったい、どうしたんだろう。

車が、出発する。貴史さんはしばらく黙ったままだった。その沈黙に耐えかねた私は貴史さんに尋ねる。

「……あの」

「なんだ？」

貴史さんが、窓の外に向けていた視線をこちらに向ける。切れ長の瞳は、何を考えているのかわからない。

「いったいどうしたの、貴史さん。何か急ぎの用事があるのでは？」

「別に。急ぎの用事があるわけじゃない。そうじゃなくて……」

貴史さんは私をじっと見つめた。

「お前は、俺との婚約を解消してもいいと、本当に思っているのか？」

「え？」

貴史さんの言葉に動揺する。二年生の授業が始まるのは、今日からだ。それなのに、そんなことを言いだすなんて、貴史さんは、もうあの子と出会ったのだろうか。

時間が巻き戻る前、貴史さんはあの子のことをただの友人だと言っていたけれど、やはり恋に落ちていた？　ううん、それよりも早く質問に答えなければ。

「……え、ええ、まぁ、そうね」

私が頷くと、貴史さんはそうか、とだけ答えた。

まさか、このことを確認するためだけに一緒に登校したのか。問いただしたかったけれど、貴史さんはそれきりまた黙り込み、学園に到着するまで一言も発さなかった。


学園に着くと、すたすたと貴史さんは歩き始める。

……なんか、怒ってる？　気のせい……、いや、気のせいじゃないかもしれない。

これまで散々、貴史さんに近寄る女子は排除してきた。いじめたのはさすがにあの子が初めてだけれど。そこまでして貴史さんの婚約者の座に居座ったのに、今さら勝手なことを言う私に怒っているのかもしれなかった。

どう声をかけようか、と迷っているうちに教室に着いた。貴史さんと私は別のクラスなので、そのまま別れる。

「おはようございます、立花さん。今日は王塚様とご登校なのね！　仲がよろしくて、羨《うらや》ましいわ」

教室に入ると、友人たちが口々に話しかけてくる。

この凰空学園では、私と貴史さんが婚約していることは周知の事実であり、また、初等部の頃から貴史さんの周りの女子を徹底的に排除してきたこともあって、誰も私たちの間に割って入ろうとはしなかった。……それを知らない、あの子を除いては。

「そうそう、聞きましたか？　庶民が我が凰空学園に入ってくるっていう話！」

一人があの子の話を切り出したのを皮切りに、みんなが囀《さえず》るようにしゃべり始める。

「ええ、でも、我が学園は庶民にはハードルが高いのではなくて？」

この学園は私立なので、入学金から、制服代に授業料……何をするにもお金がかかる。

「それが、転入試験で満点を取ったので、学費免除の特待生として入ってくるらしいの」

「まぁ、特待生制度なんてあったのね」

「ここ数年はそんな生徒はいなかったもの。私たちが知らなくても無理はないわ」

……と、友人たちがおしゃべりに花を咲かせているうちに、担任の先生が教室に入ってきた。その後ろには、小柄な少女を連れている。あの子だ。

「はい。皆さん、席に着いてくださいね。……おはようございます。皆さんに新たなご友人を紹介します。では、坂井《さかい》さん」

「あっ、あのっ、坂井真理亜と申します。これからよろしくお願いします」

ちょこん、と頭を下げると、まっすぐで艶《つや》やかな黒髪がさらりと揺れた。吸い込まれそうなほど大きな瞳に、薄桃色の上気した頬。紅を引いたように赤い可憐な唇。ブレザーには、品のいい翡翠《ひすい》のブローチをつけていた。

男子がごくりと息を呑む音が聞こえる。

「坂井さんは不慣れなことも多いと思いますので、皆さん手助けしてあげてくださいね。では、ホームルームを始めます」

あの子——真理亜は少し不安そうに俯《うつむ》きながら、空《あ》いている席に座った。


ホームルームが終わった後は、クラス中が、いえ、学園中が蜂の巣をつついたような大騒ぎになった。みんなが平穏な日常に飽きていることと、この学園では世にも珍しい転入生——しかも庶民——ということで、真理亜を一目見ようと、様々なクラスの生徒が私たちの教室を訪れた。

私はそれをぼんやりと眺めながら、片付けをしていた。今日の授業はホームルームだけだけれど、生徒会執行部の役員は、来月に控えた生徒総会の準備がある。

「わたし、ジャンクフードを食べたことがないのだけれど、どんな味がするの？」

「どうしてこの学園に？」

「以前はどんな学校に通っていらしたの？」

矢継ぎ早に質問を受けて困ったように眉尻を下げた真理亜を横目に、教室を出ようとすると、彼女が立ち上がるのが見えた。

「待って、相川さん！」

名前を呼ばれたので振り返る。私は真理亜に名乗ったかしら。そう疑問に思っている間に、彼女は「えっと、あの、その」とずいぶん口ごもりながら、用件を切り出した。

「あの……私、生徒会執行部に入るつもりなんだけど、先生に聞いたら、相川さんに詳しい話を聞けって」

そういえば、前のときもそうだった。そのときは、なぜそんな面倒なことをと、断ったのだ。そしたら、いつの間に教室に来ていたのか、話を聞いていたらしい貴史さんが真理亜の世話を焼くことになってしまって……

それは、二人が親しくなるきっかけになった。

……今の私にとって重要なのは、相川の家が没落しないこと。だから、貴史さんと真理亜の仲を邪魔する必要もない。けれど、だからといって、特段応援する義理もない。

「……わかったわ。ちょうど、生徒会室に行くところだから、ついてきて」

「え、なんで⁉」

この私が承諾してあげたというのに、真理亜はあんぐりと口を開けていつまでも突っ立っている。

自分から尋ねておいて、なんて失礼なの。――と、よぎった考えを、打ち消す。

この私が、なんて、そういう傲慢《ごうまん》な考え方もやめると決めたのだ。いえ、でも、実際失礼よね。

「……なぜって、気が向いたからよ。それよりも、来るなら早くしてくださらない？」

早くしないと会議に遅刻する。私が顔をしかめると、真理亜は慌てて人だかりから抜け出し、私の後についてきた。

特に会話もないまま急ぎ足で進む。

生徒会室に着いて扉を開けると、私以外の役員はみんな席に着いていていた。

「相川さん、遅かったですね」

イライラとした様子で机を叩いたのは、私の一学年上――つまり、三年生で会長の東井《とうい》實《みのる》だ。成績が芳《かんば》しくない私が生徒会に入ったことに、未だに反発しているうちの一人。その理知的な美貌でファンクラブもあるほどだけれど、私には関係のない話だ。

「はい。新しく、執行部に入る生徒を――」

紹介しようとしたところで、真理亜が私を遮るように一歩前に出た。

「坂井真理亜ですっ！　これから、よろしくお願いします」

真理亜が頭を下げると、東井さんは先ほどとは打って変わってにこやかな表情になる。

「へぇ。君が噂の転入生ですか」

真理亜が特待生――つまり私と違って成績優秀であることも、すでに知っているはずだ。成績優秀な真理亜が生徒会に入ってきたことは喜ばしいと、そう思っているのだろう。

「ねーねー、彼女の紹介もだけどさ、とりあえず座ってもらおうよ」

そう言って口を挟んだのは、東井さんと同じく三年生であり、副会長の西条雅人《さいじょうまさと》。その軽薄そうな美貌からこちらもファンクラブがあるらしいけれど、それも私には関係ないわね。

……というか、その美貌と学力の高さから、ファンクラブがある役員がほとんどだ。ほとんど、というのは、私と貴史さんを除いて、ということだけれども。貴史さんのファンクラブは私が壊滅させたので、存在しない。

「それもそうですね、雅人」

東井さんが頷いたので、とりあえず私と真理亜は席に着いた。

……その後は、せっかく設《もう》けられた生徒総会の会議の時間だというのに、真理亜に興味津々な面々によって、互いに自己紹介をするだけで終わってしまった。

これから一緒にやっていくのだから自己紹介は大事だけれど、仕事が全く進まないのはいかがなものだろうか。そんなことを考えながら生徒会室を出ようとすると、ブレザーの袖を引っ張られた。

「何かしら、坂井さん」

真理亜に向き直ると、真理亜はあの、と話を切り出す。

「……少し、お話があるんだけど」

話なら他の役員がいくらでも聞いてくれるでしょう。あなたのことを気に入ったみたいだし、あなたも私の紹介を遮るほど、彼らに興味があるみたいだから。

嫌味っぽくそう言おうとして、やめる。私よりも背の低い彼女は、必然的に上目遣いになるのだけれど、その潤んだ瞳は庇護《ひご》欲《よく》をそそる――というよりも、どこか挑戦的な色をしていた。

「いいでしょう。場所は、テラスでいいかしら？」

「うん、大丈夫」

二階にあるテラスへ移動する。夕暮れのテラスは春風が吹き抜けて心地好い。

「それでお話とは？」

首をかしげると、彼女はきっ、と私を睨みつけた。そこには、先ほど生徒会室で他の役員たちに見せていたような可憐な表情はどこにもない。

「私が王塚くんに近寄れないようにしてるでしょう！」

真理亜が、貴史さんに？

「貴史さんなら、ちゃんとあなたに自己紹介していたと思うけれど」

私は貴史さんと真理亜が話すのを一度も邪魔していない。二人の会話に割り込んだりもしていないし――ああ、それとも、誰かから聞いたのだろうか。私が貴史さんに近づく女子を排除してきたことを。でも、彼女は転入してきたばかりだし……そんなことまで知っているかしら。

私が考え込んでいると、真理亜は焦《じ》れたようにとんとんとつま先を鳴らした。

「とぼけるなら、それでもいいよ。私、あなたなんかに負けないから！」

「……そう、それで話は終わり？」

私が尋ねると、真理亜が胸元のブローチを握りしめる。

「そうよ、あ、あなたには絶対負けない！」

その言葉を残し、彼女は去っていってしまった。何をもって勝ち負けとするのかも定かではないけれど、真理亜が私に非友好的な感情を抱いていることは明らかだ。

まさか彼女の父親に私が気に食わないとでも伝えて、相川グループを没落させる気だろうか。そう考えて、顔から血の気が引いていくのを感じる。

でも、あんな宣言をされて、今さら。それに、よりにもよって真理亜に媚《こび》を売るなんて、私のプライドが許さない。

さすがに娘が悪い感情を持っているというだけで、取引をやめるほど会社経営は甘くはないだろう。でも、私が真理亜をいじめたという理由で、龍恩志は相川との契約を切った。私的感情で経営方針を変えることは、十分に考えられる。

……だったら、父に契約先をもっと手広くすることを進言してみようか。いずれにせよ、大口の契約先に依存するのは何かあったときに、ことだろう。

家に帰って、父にした提案は、意外にもあっさりと聞き入れられた。

「ちょうど、そろそろ契約を見直そうとは思っていた。龍恩志との関係は今のところ良好だけれど、備えがあるに越したことはないからな。それよりも、どうして急に？」

「……いえ。ただ、もし、龍恩志と何かあったときに、多くの社員が路頭に迷うことになるのでは、とふと思いまして」

事実、アパートに押しかけてきた元社員から、お前のせいだと詰《なじ》られたことが何度もあった。

「立花は経営なんて興味がないと思っていたが、本当に心を入れ替えたようだな」

「……はい」

今日から雇ってもらった家庭教師の授業も真面目に受けた。こんなに真面目に授業を受けたのは初等部の頃以来だ。

父が、私の肩に優しく手を置く。

「きっかけは何か知らないが、今よりも成長したいと思うのはいいことだ。これからも励《はげ》みなさい」

「ありがとうございます。おやすみなさい、お父様」

「ああ、おやすみ」

変わり始める、日常

その日、私は貴史さんと初めて会った日の夢を見た。

私たちが出会ったのは学園の初等部に入学する前で、『お友達が同じ学園にいたら心強いだろう』と説明されていた。そんな名目の裏では、私たちが将来的に結婚する約束が取り交わされていたのだけれど。

『初めまして！　立花です』

幼いながらも、理知的な色を宿した瞳。この人は、どんなふうに話すのだろうと思いながら、挨拶をすると――

『……初めまして。貴史です』

同じ年とは思えないほど落ち着いた声に驚く。幼いのに、どこか達観している様子が気にかかりながらも、二人で遊んだ。しばらくして大人たちが世間話を始めたとき、貴史さんは私にだけ聞こえる程度の声で、ぽつりと言った。

『結婚するんだって』

『結婚？』

『俺たち、結婚するんだって』

貴史さんはすでにこの会の意味を理解していたのだった。そんなことを考えもしなかった私は喜んだ。

『結婚ってことは、ずっと一緒ってことでしょう？　私、貴史さんのお役に立てるように頑張るね！』

『……うん、ありがとう』

そのどこか寂しそうな笑みに胸が高鳴り、私は恋に落ちた。

後に知ったのだけれど、そのとき貴史さんはすでに他の人に恋をしていた。だから、私との婚約なんて嫌だったのだ。そのことを知った私は、もちろん貴史さんの想い人を排除——する必要もなく、貴史さんよりもはるかに年上だったその想い人にはすでに恋人がおり、貴史さんの初恋はあっけなく散ったのだった。

……陽光が、眩しい。どうやら、もう朝になったようだった。制服に着替えて自室から出ると、ちょうど山本さんが私を起こしに来たところだった。

「おはよう」

「おはようございます、お嬢様。お早いですね」

「ええ。なんだかいつもより、早く目が覚めて」

そう答えながら階段を下りようとすると、山本さんが続けた。

「そういえば、今朝も王塚様がいらっしゃるそうですよ」

「今日も？」

今日はどういった用事だろうか。昨日は婚約を解消する意思があるかの確認だったけれど、まだ何かあるのかしら。それとも、解消して構わないのなら本格的に婚約解消に向けて動きたい、という話か。

訝《いぶか》しみながらも朝食をとり、身支度を整える。準備ができたとき、ちょうど、門の前に王塚の車が停まった。

「――おはようございます、貴史さん」

「……ああ。おはよう」

相変わらず貴史さんは何を考えているのかわからない表情をしていた。

「それで、用件は何かしら？」

私は、もう貴史さんに執着するのはやめる――あの恋心は捨てると決めている。だから以前なら飛び上がって喜んでいただろう貴史さんの来訪に、私が感じたのは戸惑いだった。

「用件？」

私の問いが気に入らなかったのか、貴史さんは片眉を上げた。

「ええ、何か用事があったからいらしたのでしょう？」

「……別に。婚約者を訪ねるのに理由が必要か？　今はまだ、立花は俺の婚約者だろう」

久しぶりに名前を呼ばれたことよりも、「今はまだ」という言葉に引っかかる。それはやはり、いずれは婚約を解消する、ということかしら。

「……そうね」

なんて答えたらいいのかわからず、私の口から出たのは、そんな言葉だった。

――それからはずっと無言という、実に気まずく、居心地の悪い時間を過ごした。学園に着くと、貴史さんはまたもやすたすたと先に行ってしまう――と思ったけれど、なぜか今日は私の歩調に合わせてくれている。

「立花」

「？」

教室に着いたので、では、と別れようとして、名前を呼ばれて振り返る。

「俺は――、いや、なんでもない」

「そう？　では失礼しますね」

教室に入ると、今日も真理亜は大勢の人に囲まれていた。

「立花さん、おはようございます」

「おはようございます、皆様」

私自身も友人たちに囲まれる。

「立花さんは、今日も王塚様とご登校なのね。本当に仲睦《むつ》まじくて羨《うらや》ましいわ。私の許嫁《いいなずけ》なんて――」

「あら、あなたも愛されているじゃない。交換日記をしてるって聞いたわよ」

「そうだけど、それを言うならあなただって……」

彼女たちの囀《さえず》るようなおしゃべりをぼんやりと聞いていると、ふと、真理亜と目が合った。

真理亜は鋭い目で私を見ていた。けれどそれも、見間違いなのではと思うほど一瞬で、すぐに、取り囲んでいる生徒たちの質問に笑顔で答えていく。

　真理亜は私の何が気に入らないのか、わからないけれど。実家の没落を避けるためには、あまり関わらない方がいいだろう。

「立花さん、聞いていらして？」

「ええ、もちろん」

　真理亜の視線には気づかなかったふりをして、彼女たちのおしゃべりに耳を傾けた。

　さて。今日から本格的に授業が始まる。心を入れ替えると決めたからには、授業も真面目に受けた。

「そういえば、聞きまして？」

「どうしたの？」

　昼休みに真理亜がどこかに消えると、友人たちが一斉に私を取り囲んだ。

「あの転入生が、昨日会長と帰ったっていう噂！」

「私も聞いたわ」

「あら、私も」

「どうなの、立花さん」

　会長である東井さんは、私にとってはその顔立ち以外に何がいいのか――家柄だろうか――わからないけれど、とにかく女子生徒たちから人気だ。おそらく彼女たちもファンクラブの一員で、同じ生徒会に入っている私に真相を確かめたかったのだろう。

「ごめんなさい、私にはその噂が真実かどうかは、わからないわ」

テラスで別れた後、真理亜がどのような行動をとったのか私は知らない。東井さんは真理亜を気に入ったようだし、彼女たちの言うことは真実かもしれないけれど。

そういえば、以前の真理亜と東井さんも、一緒に登下校をする仲だったような気がする。さすがにこんなに早い時期からではなかったと思うけれど。

がっかりした様子の友人たちの話題を逸《そ》らすために、私から話題を振る。

「それよりも、私、撫子《なでしこ》さんの今朝の話を詳しく聞きたいわ」

確か今朝、許嫁《いいなずけ》と交換日記をしていると言っていた。

「えっ、私の話、ですか？」

私が頷くと、彼女は頬を朱に染めた。

「嬉しい。立花さんが私に興味を持ってくださるなんて」

……え？　そんなに感激されるようなことを言った覚えはないけれど……

「だって、その」

私が戸惑っていると彼女が口ごもったので、微笑みを浮かべて先を促す。

「立花さん、私たちのことには興味がないと思っていたから」

彼女の言葉に他の友人たちもうんうん、と頷いた。初等部から一緒なのだし、そんなことはないのだけれど。

「そんなことないわ」

でも、考えてみれば、以前の私が振る話題といえば、貴史さんのことばかりで、彼女たちについて言及することはなかったかもしれない。

「ずるいわ！　私のことも聞いてくださいな、立花さん」

「あら、私だって」

もしかして。私の家が没落したとき、彼女たちとは疎遠になった。けれどそれは、彼女たちが私を相川グループの娘としてしか見ていなかったわけじゃなくて、私の態度が原因だった？　私がもっと彼女たちと親しくしていれば、何か変わったのだろうか。

「ええ、皆さんのお話を聞きたいわ」

私がそう言うと、みんなは嬉しそうに笑った。

――そうして、昼休みはとても穏やかな時間を過ごしたのだった。

放課後になり、帰りの支度をして生徒会室に向かう。教室で真理亜は相変わらず多くの人に囲まれていたけれど、助け船は出さない。自分で抜け出すことくらいできるだろう。

教室を出ると、ちょうど隣の教室から生徒会書記の河北彰《かほくあきら》が出てきた。向かう先はおそらく同じ生徒会室なので、なんとなく一緒に廊下を歩く。

「……相川は」

どこか野性味のあるその美貌は、もはや執行部の一員として言うまでもないけれど、河北さんはあまり社交的とは言いがたい性格をしている。要するに、とても無口だ。

そんな彼から私に話しかけてきたことに、ひどく驚く。

「どうしたの、河北さん」

「坂井のことを、どう思う？」

転入してきて二日目で、あの河北さんに興味を持たせるなんて、よほど彼女は魅力的らしい。

私から言わせれば、婚約者たる私の存在を知りながら、貴史さんに手を出そうとした女狐《めぎつね》――とでも言いたいところだけれど。もう貴史さんとの仲は邪魔しないと決めているし。

「……執行部の女子生徒は私だけだったから、彼女が入ってくれて嬉しく思っているわ」

結局、私の口から出たのは、模範的な回答だった。

「……そうか」

どうやら私の回答はお気に召さなかったらしい。河北さんは、それきり興味を失ったように私から視線を逸《そ》らした。

「あれれー、河北と相川が仲良く来るなんて珍しい！　もしかして、禁断の恋、芽生えちゃった？王塚、ピンチかもよ」

「違います」

生徒会室に入るなり、副会長の西条さんに冷やかされた。私はあまりこの軽薄な男子が好きではない。

河北さんは、否定するのも面倒なのか、無言で自分の席に座る。

「あれ、冷静だね。今までだったら、『私は貴史さんだけです！』くらい言いそうなものだけれど」

わざわざご丁寧に私の声色を真似して尋ねてくる西条さんに、苛立ちを覚える。

「そういうのは、やめにしました」

もう、貴史さんに執着しない。

「やめにしたって？　どういうこと？」

なおも質問を浴びせてくる西条さんの言葉を今度こそ無視して自分の席に座ろうとすると、ふと貴史さんと目が合った。けれどすぐさま、ぷい、と目を逸《そ》らされてしまう。

なんとなく、心に感じたもやっとしたものを隅に追いやる。もう、私は貴史さんのことをなんとも思ってないんだから。

「そういえば、實、遅いね。坂井さんもだけど」

西条さんの言葉に室内を見回すと、東井さんと真理亜以外は、もう全員揃っていた。

東井さんはいつも時間厳守だ。そんな東井さんが遅れるなんて、珍しいこともあるものね。そう思っていると、東井さんと真理亜が二人揃って生徒会室に入ってきた。

「遅れてすみませんっ！　實さんまで私のせいで遅刻しちゃって……」

生徒たちに囲まれて困っていたところを東井さんに助けられたのだと、真理亜が申し訳なさそうに説明する。

「気にする必要はありませんよ、真理亜さん」

真理亜の説明に、東井さんは柔らかく微笑んだ。

二年の教室と三年の教室は遠く、また、三年の教室から生徒会室までの最短ルートでは、二年の教室の前は通らない。ということは、東井さんは偶然通りかかったわけではなさそうだ。

それに昨日まで苗字で呼び合っていたのに、今日は下の名前だ。一日でずいぶんと親しくなったのね。

確かに真理亜と東井さんは、時間が巻き戻る前は、下の名前で呼び合うほど仲が良かった。けれどそれは段階を踏んでからの話で、こんなに急速に親しくなったわけではなかった。

「ふぅん。真理亜に、實ね」

一瞬、真理亜を見る西条さんの瞳に剣呑《けんのん》な色が浮かんだ気がする。

「そんなに仲良くなっちゃうなんて、妬《や》けるなぁ！」

……やはり、気のせいね。まさか、西条さんが真理亜を警戒している——などということが、あるはずないのだから。今の視線は真理亜でなく、東井さんに向いていたのかもしれない。

どうせすぐに、西条さんも真理亜と親しくなるに違いない。以前のように。

時間が巻き戻る前は、真理亜は貴史さん以外にも執行部の役員のほとんどと、とても親しくしていた。

「雅人、ふざけていないで、生徒総会に向けての会議を始めましょう」

東井さんの言葉で会議が始まる。結局私は、西条さんへの違和感を忘れてしまったのだった。

謎の思惑

会議が終わると、東井さんが真理亜に話しかけていた。

「真理亜さん、良ければ今日も送りますよ」

「えっ、ほんとですか。嬉しい。ありがとうございます」

東井さんの口振りからして、どうやら二人が昨日一緒に帰ったという噂は事実のようだった。まあ、私には関係のないことだけれど。

なおも会話を続けている真理亜と東井さんを横目に生徒会室から出ようとすると、腕を掴《つか》まれた。

振り返ると、不機嫌そうな顔をした貴史さんが立っている。

「……？」

何か不興を買うような真似をした覚えはない……もしかして、居残って仕事をしようともせず真っ先に帰るのが気に食わなかった？

けれど、貴史さんの口から出てきたのは、意外な言葉だった。

「……帰るぞ」

「ええ、そのつもりだけれど」

だから、手を離してくださらない？　と言外に告げると、貴史さんは眉根を寄せた。

「一緒に、帰る」

え？　誰と誰が？

驚いている間にも、ぐい、と腕を引っ張られ、生徒会室を出る。そのときに一瞬ピリッとした視線を感じて振り返ると、やはりその先にいたのは真理亜だった。

「車を待たせているから早く来い」

「ちょ、ちょっと待ってよ、貴史さん」

そもそも私の家の迎えだって来ているはずで――

「お前の家には連絡を入れた」

手回しが良すぎる！　唖然としていると、貴史さんはふと腕を離して、私を見つめた。

「それとも……嫌、か？」

「嫌、ではないけれど……」

急に家まで迎えに来るようになったり、一緒に下校しようとしたり。

貴史さんにいったいどんな心境の変化があったんだろう。

「だったら、問題ないな」

そのまま私は引きずられるようにして、王塚の車に乗った。

「……」

「……」

無言が気まずい。わざわざ私を誘ったのだから、何か理由があるに違いない。そう思って、貴史さんから話し出すのを待っていたけれど、貴史さんはなかなか口を開かなかった。

もしかして。これも、今朝と同じ、ただ『婚約者』と帰るため、なのだろうか。そう思っていると、ふいに貴史さんは口を開いた。

「『いつでも婚約を解消する』、『そういうのは、やめにした』、っていうのは」

そこでまた何を考えているのかわからない瞳で私を見る。

「俺に興味がなくなったからか？」

「……え？」

私が貴史さんに。興味がないかどうか？

……単純に、興味ならまだある。彼は王塚グループの息子であり、今のところは私の婚約者であるからだ。

それとも。貴史さんが聞きたいのは、貴史さんに対する恋心が私にあるかないか、ということだろうか。それなら、もう、ないつもりだけれど……

考えて、瞬きをした私に、貴史さんがまた口を開く。

「俺のことは、もう好きじゃないのか」

「それ、は」

やはり、貴史さんが聞きたかったのはそういうことらしい。

すぐには答えられずに、思わず口ごもる。

そんな私を見て、貴史さんは目を細めた。

「やはりそうか。……それでも、俺はお前との婚約を解消するつもりはないからな」

それはそうだろう。私たちの婚約は相川と王塚の繋がりを強くするために結ばれたもの。相川グループが没落しなければ、王塚は婚約解消には乗り出さないだろうから。

いつでも解消するとは言ったけれど、私にそのつもりがあるというだけで、相川の見解とは異なる。あれは、私自身はもう、真理亜や他の女子生徒との仲を邪魔しない、ということを伝えたかっただけだ。

貴史さんの話は、私たちの立場的な話だろう。王塚として言いたいことが言えて満足したのか、それきり黙って窓の外に視線を向けた。

「――ただいま戻りました」

貴史さんと別れて家に入ると、母が嬉しそうに出迎えてくれた。

「まぁ、立花ちゃん、おかえりなさい。もっとゆっくりしてきても良かったのよ。せっかくの貴史くんとの時間でしょう。私とお父様のときだって――」

そう。父も母も政略結婚だけれど、とても仲が良く愛し合っている。幼い頃は、私も、貴史さんとそんなふうになるのだと思っていた。

……今となっては、片方の気持ちが強いだけではどうにもならないとわかっているのだけれども。

母の盛大なのろけ話を聞き流して、自室に上がる。なんだか、どっと疲れた。

翌朝。やはり今日も貴史さんは迎えに来るらしい。

それでいて車内ではほぼ無言なのだから、はっきり言って意味がわからないわ。

そういえば、初等部の頃は何度も貴史さんと一緒に学園に通っていた。そのときも貴史さんはしゃべらず、それをいいことに私ばかりが話していた気がする。貴史さんに私のことを知ってほしかったから。

そもそも、貴史さんは聞けば答えてくれるけれど、おしゃべりなタイプじゃないから、無言も気まずくないのかもしれない。

けれど、学園で友人たちと話すことに慣れている私にとっては、非常に気まずい。

そうは思っても、家の前で待ち構えている車を無視するわけにはいかない。車の中にいる貴史さんを覗き込む。

「おはようございます」

「……おはよう。今日は、いつもと髪飾りが違うんだな」

「？　ええ」

私はいつもバレッタをつけているけれど、今日はいつもと違うものをつけていたのだ。

まさか、貴史さんが気づくとは思っていなかったけれど。

「……似合ってる」

「えっ？　ありがとう」

貴史さんから褒められたのなんて、いつぶりだろう。

思わず照れると、貴史さんがふ、と笑った。

「！」

恋をしていたときは、貴史さんの笑顔が見たかった。

けれど、いつも私に向けられるのは不機嫌そうな顔ばかりだった。

恋を諦めてからその願いが叶うなんて、なんだか不思議だわ。

「どうした？」

「いえ、なんでもないわ」

私は一瞬緩みそうになった口角を引き締め、すました顔で車に乗り込んだ。

――結局、その後の車内はいつもの通り無言だったのだけれど、今日はそれを気まずいとはなぜか思わなかった。

学園に到着し、車を降りると学園中がざわめいている。

どうしたのかしら？

教室に入った途端に、友人たちに囲まれた。

「聞きまして、立花さん！　あの子今日は、西条様と登校したのよ」

「いえ、西条様だけじゃないわ！　東井様もよ、あのお二人と一緒に登校だなんて……」

「あの子いったいどういうつもりかしら……？」

なるほど。これほど学園中が騒ぎになっているのは、真理亜がこの学園のツートップと登校したせいらしい。転入したての特待生。しかも、庶民だなんて、騒ぎになるのも納得だった。

友人の言うように、真理亜の考えは気になる。以前の真理亜に比べて、あの二人と親しくなるのが早すぎるから。

「その当の坂井さんの姿が見えないようだけれど？」

真理亜はまだ教室には来ていないようだ。私が尋ねると、揃って登校した三人でテラスにいるのだと友人たちが教えてくれた。まだ、ホームルームまで時間がある。今日は気温も暖かいし、テラスはさぞ気持ちがいいだろう。

「あっ、いらしたわよ！」

真理亜が教室に入ってきた。どうやら、おしゃべりは終わったようだ。真理亜が姿を見せると、水を打ったように教室がしんとなる。

その様子を大して気に留めたふうもなく、真理亜は自分の席に座った。みんな真理亜の動向が気になるようだけれど、声をかける人はいない。

そうこうしているうちに、担任の先生がやってきて朝のホームルームが始まった。


放課後、真理亜はすでに教室を去っていた。それを確認した友人たちが私を囲み、口々に言う。

「立花さん、あの子に、いったいどういうつもりなのか、問い詰めてくださいな」

「そうよ、東井様だけならともかく、西条様もだなんて……」

そう言ったのは、西条さんのファンの子だ。

「きっと、何か卑劣な手を使ったに違いないわ。生徒会の皆様には誰も手を出さないって、協定が結ばれているのに」

執行部の役員は、真理亜と私を入れて七人だ。男子生徒は五人で、その中でも婚約者がいるのは貴史さんだけ。大人気な執行部の男子たちのファンクラブでは、抜け駆け禁止の協定が結ばれている、らしい。

以前の私は、貴史さん以外に興味がなかったから、そんなこと全く気にも留めていなかったけれど。

「まぁまぁ、皆さん落ち着いて。同じ執行部の役員なのだから、一緒に登校することくらいあるでしょう」

「立花さん、落ち着いてなんていられないわ。それにもし、東井様や西条様があの子と付き合いだしたら……！」

その場面を想像したのか、わっと、顔を押さえる。

「……とにかく、立花さん。お願いしますね」

みんなに口々に頼まれ、仕方なく頷く。この後、生徒会の仕事が終わったら、真理亜に聞いてみよう。


生徒総会の議題が決まったので、今日の仕事は終わりだ。真理亜と東井さんが話し始める前に、真理亜に話しかける。

「坂井さん、ちょっといいかしら？」

にっこりと微笑みながら話しかけると、真理亜は少し困ったように眉尻を下げた。

「ええと」

それを見た東井さんが、真理亜を庇うように前に出る。

「真理亜さんは忙しいみたいなので、日を改めてはどうですか？」

「あら、坂井さん忙しいの？」

私が首をかしげると、真理亜は意を決したように頷いた。

「ううん、大丈夫だよ。……ありがとうございます、實さん」

そして、東井さんを見て微笑む。その微笑みにやられたのか、東井さんは真理亜から目を逸《そ》らし、ぼそぼそと「当然のことをしたまでですから」と言っていた。

人目につくのも面倒なので、何やら心配そうな顔をしている東井さんを置いて、廊下の隅に移動する。

「坂井さんは、ずいぶんと東井さんや西条さんと親しいようね」

「しっ、親しいだなんて、そんな！　お二人は、転入したての私を気遣ってくれてるだけだよ」

真理亜はぶんぶんと首を振った。

「あらあら、そう謙遜《けんそん》しなくていいのに。それで、どちらが本命なの？」

友人たちのことを思えば、西条さんと東井さんには手を出すなと釘を刺した方がいいのだろう。けれど、東井さんにいたっては自分から積極的に真理亜と関わろうとしている。真理亜が避けたところで、東井さんから来るのであれば、どうしようもないだろう。

「そっか。周りからはそう見えちゃうのかぁ。教えてくれてありがとう、相川さん。でも私の本命は王塚くんだから」

思わずびくりと体が揺れた。本命は、貴史さん？　でも今回は、二人がこれまでまともにした会話なんて自己紹介くらいのはずだ。まさかの一目惚れだろうか。

「あら、そうだったの」

「うん、そう。だから、ただの親の都合で決められた婚約者のあなたには、負けないから！」

……へぇ。真理亜がこの私に直接貴史さんへの想いを伝えてきたのは、初めてだ。

やっぱり、以前の真理亜が貴史さんに色目を使っていたのは、思い違いなんかじゃない。

「ならぜひ、頑張ってね」

相川は龍恩志との契約の規模を縮小させたから、今龍恩志が相川に与える影響は少ない。だから、ずっと前から決められていた相川と王塚を結びつけるための結婚に口出しするには、相当の努力が必要だろう。

貴史さんと両想いになることはもちろん、相川が婚約解消を受け入れるだけのメリットがあるような提案をしなければならないのだ。

だから、私の口から出たのは、心からの言葉だった。

けれど、それをどうとったのか、真理亜はきっ、と私を睨みつける。

「そうやって余裕ぶってたらいいよ！」

そう吐き捨てて、行ってしまった。


翌朝。真理亜が登校する前に、友人たちに昨日のことを報告する。

ちなみに、私は今朝も貴史さんと一緒に登校した。

「坂井さんの本命の方は、お二人とは別にいらっしゃるみたいだから、皆さん心配なさらずとも大丈夫よ」

私の言葉に対するみんなの反応は様々だった。

「聞いてくださってありがとう。そうなのね、良かった」

「ええ？　そんなの信じられないわ」

「本命が別にいるのに、不用意に親しくしすぎではなくて？」

みんな口々に真理亜のことを言っていたけれど、真理亜が教室に入ってくると、一斉に黙り込んだ。

どうやら今日は一人で登校してきたらしい。真理亜はやはり、みんなの様子を気にしてもいないようだった。


昼休み。なんとなく外の空気が吸いたくなって屋上に向かうと、先客がいた。

「光輝《こうき》さん……？」

一学年年上であり、生徒会会計の南《みなみ》光輝が気持ち良さそうに眠っていた。そういえば、この人はどこでも眠るのが得意だったな、と思い出す。会議中でも寝ていることがあり、それはどうかと思うけれど。

屋上は春の陽気で心地好く、昼寝にはちょうど良かったのだろう。

その美貌は言うまでもないけれど、性格は良く言えばおおらか、悪く言えばおおざっぱ。けれど、彼の持つ柔らかな雰囲気は、執行部の緩衝材《かんしょうざい》となっていた。

邪魔をしたら悪いと思い、屋上を後にしようとしたとき。光輝さんが目を覚ました。

「ん……、ふわあぁ」

大きな欠伸《あくび》をしながら、体を起こす。

「あれ、立花。何か用事だった？」

南光輝は私の先輩であり、同じ生徒会の役員であり、そして——母方の従兄《いとこ》だった。

「いえ、外の空気が吸いたくなって」

私がそう言うと、彼はにこにこしながら、「屋上は息抜きにぴったりだもんね」と笑う。

「そういえば、最近、立花と王塚はずいぶん仲良しじゃない。良かったね、立花」

このところ私が貴史さんと登校しているのは周知の事実だ。それに、光輝さんは私の貴史さんへの想いを誰よりも理解してくれていた人だった。

「……そうですね」

私としては、ほぼ無言の車内は気まずいだけなのだけれども。傍《はた》から見たら距離が縮んだように思うだろう。

曖昧《あいまい》に私が頷くと、光輝さんは首をかしげた。

「どうしたの？」

この人には嘘がつけない。ぼんやりとしているようで鋭いところがある光輝さんは、私が隠し事をしても、すぐに見抜いてしまうのだ。

「もう、諦めたんです。貴史さんのこと」

「どうして？」

もう、実家を没落させたくないし、それに。

「片想いは辛いですから」

独り相撲をとったところで、どうしようもない。

貴史さんの気持ちが私に向くことはないのだから。

「……確かに片想いは辛いよね」

光輝さんの言葉は単なる相槌《あいづち》というよりも、実感がこもっているように感じた。光輝さんももしかしたら、誰かに片想いをしているのかもしれない。

「でもさ、立花」

「はい」

「……やっぱり、なんでもない。僕は…………するほど親切じゃないし」

最後の方は聞きとれなかったけれど、やはり光輝さんと話すのは、いい気分転換になる。屋上へ来て良かった。そんなことを考えながら、教室に戻った。

「あのっ、王塚くん！」

放課後、生徒会の仕事も終わり、帰る支度をしていると、真理亜が貴史さんに話しかけていた。

「なんだ？」

「今日、私と一緒に帰らない？　ほら、私たち同じ学年なのに、まだ全然話せていないから……」

会話のなさで言うなら、貴史さんよりもさらに無口な河北さんの方が勝ると思うけれど、貴史さんに恋する彼女にそれをつっこむのは野暮だろう。

「悪いけど、立花と帰るから他を当たってくれ」

「えっ⁉」

急に話題がこちらに向いたので驚く。

「私の家の――」

「もう連絡してある」

だから、手回しが良すぎる！

「皆さんお疲れ様でした。立花、帰るぞ」

「えっ、ええ」

そうして、問答無用で私の腕を掴《つか》んだ貴史さんに引きずられてしまう。

「真理亜さん、帰りなら僕が送りますよ」

「ありがとうございます」

やはり、真理亜に睨まれてしまった。けれど東井さんが真理亜に微笑むと、真理亜は私に向けていた表情が嘘のように可憐な笑みを作った。

「立花」

「ええ、今行くわ。お先に失礼します」

一緒に帰ることがすでに決まっているのに、引きずられるのもなんなので、自分の足で貴史さんの隣に並んだ。

「……よろしかったの？」

「何が？」

「坂井さんと帰らなくて」

私が尋ねると、貴史さんは私を振り返った。

「立花は、俺に坂井と帰ってほしいのか？」

気のせいかもしれないけれど、なんだか最近、貴史さんに名前で呼ばれることが増えた気がする。

「……彼女の言う通り、せっかく同学年なのだし、親睦《しんぼく》を深めるのもいいと思うわ」

「模範的な回答だな」

貴史さんは、ふんっ、と鼻を鳴らした。どうやら、私の答えはお気に召さなかったようだ。

でも、他になんて答えれば良かったの。やはり、婚約者としては止めるべき？　でも貴史さんは私の束縛を嫌っていたわけだし……

「立花が止めなくても、俺は立花が他の男と帰るのを止めるからな」

思った通り、私は貴史さんの婚約者なのだから、今後は止めろということだろうか。かと言って束縛すると嫌うわけだから、なかなか勝手なことを言う。

契約を縮小したとはいえ、龍恩志の方が格上だ。自ら進んで睨まれるようなことは、あまりしたくない。

ぐるぐると考えているうちに、家に着いた。

すれ違う心

「……はぁ」

鏡の前でため息をつくと、髪を結ってくれていた山本さんが心配そうな顔をした。

「お嬢様、どこか具合が悪いんですか？」

「いえ、違うわ。少し憂鬱《ゆううつ》なだけ」

「あら、珍しいですね」

今日はせっかくの休みだというのにパーティーがある。以前の私なら、休日も貴史さんに会えるなんて、と喜んでいたに違いないけれど、恋心を消し去った今となっては、面倒なだけだ。

でも、これも相川に生まれた私の定めだ。それなりに交流しておかなければ、後々困るのは私自身なのだから。

覚悟を決めて、俯《うつむ》いていた顔を上げた。


「久しぶりだね、立花ちゃん」

「お久しぶりです、正孝《まさたか》さん」

爽やかな笑みを向けたその人は、貴史さんの兄――つまり、王塚グループの御曹司だ。確か、今年凰空大学の一年生になったはずだ。

「大学はどうですか？」

「大学生になると、外部から入ってくる人も多いから刺激になるよ。……そんなことより、立花ちゃん、貴史のところに行かなくていいの？」

「せっかくの機会ですし、色んな方と交流を深めようと思いまして」

私がそう言うと、正孝さんは苦笑した。

「確かにそれもいいけれど。あまり放っておくと、貴史、すねちゃうよ」

貴史さんがすねる……？　そんなことはないと思うけれど。

私が首をかしげると、正孝さんは笑って続けた。

「あいつは素直じゃないからね」

貴史さんが素直かどうかは置いておくにしても。婚約者を完全放置はさすがにまずいだろう。正孝さんの忠告に従って貴史さんを捜すと、彼はすぐ見つかった。

「貴史さん」

話しかけたはいいものの、どうやって会話を広げようか。悩んでいるとふいに、貴史さんが口を開いた。

「……今日は淡い色じゃないんだな」

「え？」

「立花は淡い色が好きだから、いつも小物は何か淡い色にしてただろう」

確かに今日は、髪飾りも赤だ。それにしても、貴史さんが私の好きな色や小物のことまで知っているとは思わなかった。

「よく、ご存知でしたね」

「見てるからな」

「！」

……なんだかそれは、まるで殺し文句のような――なんて、一瞬浮かんだ考えを打ち消す。いや、貴史さんは、私たちはそれだけ長い時間を婚約者として過ごしてきた、ということを言いたいのだろう。

そう思うのに、貴史さんのことを見られない。今日の貴史さんの髪型が、よりその美貌を引き立ててもいた。

照れて俯《うつむ》いた私の耳元に、貴史さんが笑って顔を寄せる。

「……なぁ、立花。本当に俺のことが、好きじゃなくなったのか？」

そうよ。いつまでも片想いなんて、辛いだけだもの。

「好き、じゃないわ」

それなのに私の口から出た言葉は、自分でも驚くほど震えていた。これでは、まるで、無理して嘘をついてるみたいだ。

私の回答に貴史さんは楽しげに笑う。

「今はまだ、それでいい」

なんて言葉を残すと、去っていってしまった。

「……好き、じゃないもの」

悔しくてもう一度呟いた言葉は、雑踏の中に消えた。


恥ずかしい。恥ずかしい。恥ずかしい。

パーティーが終わって自室に戻り、ドレスを脱ぎ捨てベッドに転がる。

「あー、もう！」

何よあの、好きじゃないわって返事。あんなふうに言ったら、嫌でも好きに聞こえるに決まっている。どすどすとクッションに八つ当たりして、頭を抱えた。

「好きじゃない」

よし、今度はちゃんと声が震えてない。やはり、私は貴史さんのことをもうちっとも全然これっぽっちも好きじゃない。

さっきのはそう、パーティー用に着飾った貴史さんの姿にあてられただけ。

心の紐《ひも》が緩んでいただけだもの。どうせ貴史さんは私よりもあの真理亜との友情だかなんだかをとるのだし、ずっと片想いは疲れる。

それに、貴史さんの言葉も引っかかった。『――今はまだ、それでいい』。それで良くなくなる日が来ると言うのか。

「まさかね」

そもそも私、もうちっとも好きじゃない。また好きになることなんて、もうない。だから、気にかけなくていいだろう。

それにしても、パーティーでくたびれてしまった。化粧を落として、シャワーを浴びたら早いところ寝てしまおう。また明日から、学校なのだから。

「……おはようございます、貴史さん」

「ああ、おはよう」

そうだった！　貴史さんは、私の家に迎えに来るという謎の行動をまだ続けているのだった。あんな醜態《しゅうたい》を晒《さら》した相手に昨日の今日で顔を合わせるのは、恥ずかしい、というよりも悔しい。

車の中に入り、つん、とそっぽを向く。いつもならこんな子供じみた真似はしないのだけれど、今は昨日の貴史さんに惑わされた自分自身にムカムカしていた。

「どうした？」

さすがに私の態度は目に余ったのか、貴史さんが声をかけてくる。

「別に」

「……ああ、なんだ。髪を切ったことに触れなかったから、怒っているのか？」

「えっ？」

「前髪を切っただろう。似合ってる」

確かに今日の朝、少しだけ前髪を切ったけれど、本当にほんの少しだ。

でも、そんなこと――

「今まで一度もおっしゃったことなかったじゃない、なのに」

別に私は今朝初めて前髪を切ったわけじゃない。今までにだって何度も切ってきたけれど、それを指摘されたことなんて、一度もなかった。

パーティーでの髪飾りもそうだけれど。

どうして、今さら。惑わすようなことを言うの。

「どうしてだと思う？」

質問で返さないで。

「さぁ。わからないわ」

私がそう返すと、貴史さんは楽しげに、「そうか、わからないか」と笑った。なんだか悔しくて、もう二度と心の紐《ひも》を緩めないと心に誓ったのだった。


教室に着くと、みんながざわついていた。どうしたんだろう。

疑問に思って辺りを見回していると、友人がさっと寄ってくる。

「立花さん！」

「あの子、また東井様と登校したのよ！」

なるほど。東井さんはよほど真理亜にご執心らしい。真理亜と東井さんはテラスで話していて、教室にはまだ来ていないようだった。

「でも、あの子、本命の方は別にいらっしゃるんでしょう？　それなのに」

「気が多いのではなくて？」

彼女たちの気持ちはわかる。わからないのは、真理亜だ。貴史さんを振り向かせたいのなら、東井さんに構う必要はない。なぜ、東井さんの誘いを断らないんだろう。

でも、確かに以前の真理亜も、東井さんをはじめとした生徒会の面々とは親しくしていた。単純に、八方美人なだけ？

「立花さん……」

そのようなことを考えていると、何か言いたげな顔の友人に見つめられる。

「ええ。放課後、坂井さんと少しお話ししてみるわね」

私がそう言うと、みんなほっとした顔をした。相川のためにもあまり真理亜を刺激したくはないけれど、彼女たちは友人だ。生徒会の仕事が終わったら、真理亜を問い詰めよう。


放課後、教室を出ると、また河北さんが同じタイミングが出てきたので、なんとなく一緒に生徒会室に向かう。相変わらず河北さんは無言だけれど、そもそも無口だと知っているので、あまり居心地の悪さは感じない。

生徒会室に着くとまた、西条さんに河北さんとの仲をからかわれ、それを否定しようとしたとき、声を上げたのは意外な人だった。

「それはありませんよ、西条さん」

貴史さんだった。なぜそうも自信たっぷりに言い切れるのか、考えただけでムカムカする。おそらく、あのパーティーでの私の醜態《しゅうたい》を根拠にしているに違いない。

「へーえ？　王塚自ら否定ね」

ひゅー、と口笛を鳴らす西条さんにさらに苛つく。

「そろそろ黙ったら？　西条」

そう言ったのは、光輝さんだった。普段穏やかな光輝さんにそう言われ、西条さんもさすがに黙り込む。

良かった。光輝さんが言ってくれなかったら、相川の令嬢としてあるまじき罵倒を西条さんに浴びせるところだった。そんな痴態《ちたい》を晒《さら》すわけにはいかない。

と、そこに東井さんと真理亜が一緒にやってきた。冷やかすなら真理亜たちにすればいいのに、西条さんは二人を冷やかすことはしない。代わりに一瞬、とても冷めた目で真理亜を見た。

「……？」

西条さんらしからぬ表情に疑問を持ったけれど、会議が始まったため、その違和感は霧散した。


生徒会の仕事が終わった後、真理亜を呼び出――そうとして貴史さんに捕まった。

「立花、帰るぞ」

「私、坂井さんに用事が……」

「用事ってなんだ？」

果たして、そんなことをわざわざ貴史さんに教える必要があるのかと思う。けれど一応、友人たちに聞いてほしいことがあると、頼まれたのだと伝えてみる。しかし——

「そんなもの、自分で直接聞かせろ」

と、呆れたふうに言われてしまった。

「で、でも、彼女たちは私の友人で」

「友人ならなおさら、お前が聞くべきじゃない。なんでもやってあげることが友情か？　違うだろう」

正論すぎて反論できない。ぐっ、と唇を噛む。

私は彼女たちに対して負い目がある。以前の私が、彼女たちに興味を持っていないと思われていたのは、私の態度が原因だから。

「立花がちゃんと友人だと思ってるなら、それで大丈夫だ」

そんな私の考えを見透かしたように貴史さんが言う。

「……そうね」

明日、正直に話してみよう。

翌朝、友人たちには正直に、真理亜に聞けなかったこと、今度から自分たちで聞いてほしいことを話した。

「……ごめんなさい」

「謝らないで、立花さん。確かに、あの子に言いたいことや聞きたいことが山ほどあるのは私たちだもの」

「そうよ、私たち立花さんが優しいのを良いことに、甘えすぎていたわ」

きっと怒られると思っていた私は、彼女たちの言葉に驚く。友人を信用していなかったのは、実は私の方かもしれない。反省して今後はちゃんと彼女たちに伝える努力をしないと。

そしてお昼休み、いつもどこかに行ってしまう真理亜をどうにか捕まえたらしい彼女たちは、早速裏庭で真理亜を問い詰めたようだった。

「――そしたら、あの子なんて言ったと思います？」

放課後、真理亜が帰ってから――今日は生徒会はお休みだ――興奮気味に尋ねてくる彼女たちを落ち着かせつつ、考える。

「転入生だから、親しくしていただいてるだけ、とか？」

これは真理亜が言っていた言葉だ。

「いえ、東井様とはただの友人だと言ったのよ」

「なら、良かったじゃない。東井さんと坂井さんが友人なら、付き合ったりすることはないんじゃないかしら」

私の言葉に別の子が、「それが……」と話し出す。

「気に入らないなら、私をこの学園から追い出せって言ったのよ！　まるで、自分のことをいじめろと言わんばかりに。そんな低俗なこと、私たちがするはずないわ」

うっ。思わぬ流れ弾が私に当たる。いじめは低俗。そうよね、いじめはだめだわ、何があっても。

どうやら彼女たちは、自分たちがいじめを行うような人間だと思われたことが、ショックだったようだ。……私が指示したこととはいえ、以前いじめを手伝ってくれたのは、私への友情ゆえだったのかしら。

そんなことをぼんやりと考えつつ、とても悔しそうな彼女たちを宥《なだ》めていると、教室の入り口に人影が立った。

「相川さん、いらっしゃいますか？　ああ、いましたね」

そう声をかけてきたのは、凍りつくような笑みを張りつけた、東井さんだった。

「立花さんになんの用事でしょう？」

東井さんの表情から明るくない話だと察したのか、私を庇うように立ってくれたのは東井さんのファンの子だった。

「あなた方にも関係のある話ですが、僕はあなた方を責めるつもりはありません。話したいのは、相川さんですから。相川さん、少しよろしいですか？」

東井さんの言葉に、友人たちはみんな不安そうな顔をして私を見た。私は彼女たちを安心させるように微笑む。東井さんにはとっくの昔に嫌われている私が、今さら東井さんの好感度を気にする必要はない。

「わかりました」

なんとなく話の予想はつく。東井さんの後についてやってきたのは、裏庭だった。

「相川さん」

「はい」

「ここであなたの取り巻きを使って、真理亜さんをいじめましたね？」

「いいえ。それに、彼女たちは友人です」

私がそう言うと、東井さんが片方の眉を上げる。

「即答ですか」

「ええ。私は彼女たちにそのようなことはお願いしてませんし、彼女たちもそのようなことをする人ではありません」

いじめなんて低俗な真似はしないって、はっきり言っていたもの。

「ですが、真理亜さんは彼女たちに――」

「……それは違うな」

思わぬ低い声に驚いて振り返ると、そこには河北さんがいた。

「あの子たちは東井さんと坂井がどういう関係なのか、聞いていただけだ。坂井にも怯《おび》えた様子はなかった」

普段無口な河北さんがこんなに話しているのは、初めて聞いた気がする。

「なぜ、河北くんがそのようなことを知っているのですか？」

「俺は、園芸部だからな。……草取りをしていた」

そう言って、河北さんは右手に持っているホースを掲げた。

「今もちょうど水やりをしようと思っていたところだ。——それに、本当に坂井がそう言ったのか？」

じとり、とした目で河北さんが東井さんを見る。東井さんは、言葉を詰まらせた後、咳払いをした。

「……わかりました。確かに、思い返してみれば、真理亜さんは問い詰められたとだけ言っていました。早とちりして、申し訳ありませんでした。ですが、もし本当に真理亜さんをいじめたときは容赦《ようしゃ》しませんよ」

「そんなことしません」

「どうだか」

私の答えに鼻で笑って、東井さんは足早に消えた。

残されたのは、私と河北さんだ。

「河北さん、助けてくださってありがとう」

「……別に。俺は本当のことを言っただけだ」

そう言って河北さんは、水やりを再開した。けれど、その耳は少しだけ赤くなっているように見える。

東井さんに糾弾《きゅうだん》されかけたのは災難だったけれど、少しだけ河北さんと仲良くなれた気がする。

私はもう一度、河北さんにお礼を言って、心配をかけているだろう友人たちのもとへと向かったのだった。

◇　◇　◇

河北さんが助けてくれた日以来、特に問題もなく――その間、真理亜が何度も東井さんと登校し、友人たちを苛立たせることはあったけれど――穏やかな時間が過ぎ、五月の半ばになった。生徒総会も無事に終わり、生徒会としては一段落だ。

けれど、私の心は穏やかじゃない。

「……はぁ」

教室へ向かう道で私がため息をついていると、貴史さんが首をかしげた。

「どうした、憂鬱《ゆううつ》そうな顔をして？」

今日も貴史さんと登校している。それが全く原因じゃないと言えば嘘になるけれど、それよりも憂鬱《ゆううつ》なことがあった。

中間テストだ。私が心を入れ替えてから、初めてのテストがもうすぐ行われる。

「もうすぐ中間テストがあるでしょう」

「……あぁ」

家庭教師には週に三度来てもらっているし、授業も真面目に聞いている。けれど、どうしても不安が拭えなかった。

この学園では、成績上位五十名の順位と名前が廊下に貼り出される。生徒会役員といえば、みんな五位以内……少なくとも十位以内には入っている。けれど、以前の私の成績では、十位どころか五十位以内にも入れなかった。

「——だったら、俺が教えてあげよーか？」

「えっ？」

貴史さんではない声に驚いて振り向くと、西条さんが立っていた。

「ほら、俺って学年一位の実力者だし」

そうなのだ。この西条さんは、軽薄そうに見えて——いえ、実際軽薄だけれど——会長である東井さんを押さえ、三年生の中で毎回一位を取っているのだ。

確かに学年一位の勉強法に興味がないと言えば嘘になるけれど……

どうして急に？

それになんで三年生の西条さんが、近くもない二年のフロアにいるんだろう。

私が眉をひそめると、慌てたように西条さんは手を振った。

「可愛い後輩のために、一肌脱いじゃおうと思ってね。それとも、王塚がそんな真似許さないかな」

「別に。立花は俺の婚約者であって、所有物ではないので止めはしません」

つまり、私の気持ち次第だと。うーん、どうしようかしら。

少し悩んでから、改めて西条さんの顔を見上げる。

「……お願いできますか、西条さん」

私がそう言うと、西条さんは嬉しそうに笑った。

「じゃあ放課後、図書室で」

図書室には自習スペースがあり、小声であれば話してもいいことになっている。

――そうして放課後、図書室に着くと、西条さんはもうそこにいた。

「こっち、こっち」

手招きされるまま、西条さんの隣に座る。

「それで、何が一番苦手なの？」

「数学です。特にベクトルが苦手で」

私がそう言うと、早速西条さんは教科書を開いて解説を始めてくれた。さすが、学年一位なだけあって、西条さんの説明はわかりやすく、また丁寧だった。

「それから、ここと、ここと、ここだな」

西条さんが私の教科書のいくつかのページに丸をする。

「お節介かもしれないけれど、数学の佐伯《さえき》先生が特に好きそうな問題はこのページ」

なんとご丁寧にヤマまで張ってくれるらしい。

「まぁ、受験勉強じゃこの手の対策は使えないけれど、中間テストなら十分役に立つでしょ」

そういえば西条さんは受験生なのだった。学年一位だからか、あまり受験勉強にあくせくしている印象はないけれど。

「今日は、ありがとうございました」

「いーえ、どういたしまして」

今日のことで、西条さんに対する印象がちょっとだけ良くなった。

「テストまであと一週間だろ？　もし良ければ、それまで毎日教えようか？」

「えっ……？」

それは嬉しい申し出だけれど、そこまでしてもらう理由がない。

私が困惑しているのがわかったのか、西条さんは苦笑した。

「何も、相川のためだけじゃないんだ。いい成績を取ってもらって、實の鼻を明かしてやりたいなって。あいつ未だに、相川が生徒会に入ったことに反発してるだろ？」

鼻を明かしてやりたい。仲がいいはずの東井さんをそんなふうに言うなんて、何かあったのだろうか。

「それで、どうする?」

西条さんは私の疑問を感じ取ったらしかった。けれど、答える気もないらしい。

「お願いします」

「りょーかい」


そして今日はついに、中間テストの前日だ。この一週間の図書室での勉強会はとてもはかどっていた。

「それで、今日は何を教えようか?」

「化学をお願いします。mol 計算が苦手で……」

「mol 計算は数学の延長みたいなところがあるから、結局私は数学が苦手なのだった。

「わかった。じゃあ、まずはアボガドロ数のことからだけれど……」

教えてくれている間の西条さんはとても真剣だ。いつものような軽薄な雰囲気は鳴りを潜め、真《しん》摯《し》に後輩に勉強を教える先輩としての姿がそこにはあった。つい、その真剣な西条さんの横顔を見つめてしまう。

ふと、彼の目がこちらを向いた。

「どうしたの? もしかして、俺に恋に落ちちゃった?」

「いえ、違います」

「即答だなぁ。まぁ、相川には王塚がいるもんね。それで、続けるけれど……」

解説に耳を傾けながら考える。どうして、西条さんはあのようなふざけた態度をとるのだろう。

この一週間で、西条さんの性格が少しずつだけれど、掴《つか》めてきた。私はずっと、西条さんは軽薄な男子だと思っていたけれど、案外そうでもないのかもしれない。

彼はわざと、自分を悪く見せたがるきらいがある。学年一位を取る秘訣を聞いたときも、「俺って、天才だから」なんて言って笑っていたけれど、その座を守り続けているのは、それ相応の努力があってこそだ。

西条さんの手にペンだこができていることも、最近気づいた。

でも、なぜ、そのような態度をとるのかと尋ねられるほど、私と西条さんは親しくない。生徒会執行部の役員として、せっかく、一年も一緒にいたのに。

「……と、こんなものかな」

「ありがとうございました。中間テスト頑張りますね」

「うん、頑張って。そんでもって、實の鼻を明かしてくれたら言うことないかな。なんて、プレッシャーだよな。ごめん、ごめん」

そう言って、西条さんは図書室を去ろうとする。

「あの」

そんな西条さんを、私は思わず引き留めた。

「どうした？」

西条さんが不思議そうな顔で振り返る。

「私……」

一年も一緒にいたのに、表面的にしか西条さんのことを見ていなかった。それでいて、勝手に嫌っていた。けれど、それを正直に西条さんに伝えるのは、違う気がする。

「必ず、十位以内に入ってみせます」

「そりゃあまた、大きく出たね」

「さすがに無理、ですよね」

けれど、西条さんは私の言葉を馬鹿にすることなく、柔らかく微笑んだ。いつもの、人を小馬鹿にしたような軽薄な笑みではなく、優しい笑みだった。

「無理じゃないよ。俺が教えたところをすぐに理解できたのは、俺の教え方の問題じゃなくて、相川が真面目に授業を聞いてたからだ。相川がちゃんと努力してたのを、俺は知ってる」

「……ありがとうございます。あの、それから」

「うん？」

西条さんが首をかしげる。この願いは、自分勝手なものだと理解している。一年も一緒にいたのに、あなたのことを何も知らなかった。でも、もう、後悔したくないから。

「……もし良かったら、私と友人になっていただけませんか？」

「どうして、急に？　勉強ならまた、教えてあげるよ」

成績を上げるための口実だと思われてしまうのは、当然だ。それは、私の今までの態度が原因なのだから。

唇を噛む。

それでも。私は。

まっすぐに西条さんを見上げる。

「勉強じゃなくて、あなたのことをもっと、知りたいんです」

西条さんは、口元を手で覆《おお》った。やはり、無理だろうか。

「……ごめんなさい。自分勝手なことを言って困らせました」

「いや、違うんだ。俺、そんなこと言われたの初めてだったから。……うん、いいよ。友達になろう」

そう言って、西条さんは優しく微笑んだ。

——そうして、私に初めての男子の友人ができたのだった。

◇　◇　◇

中間テストは無事終わり、あとは結果を待つだけになった。そして今日も私は貴史さんと一緒に登校している。昇降口でローファーからスリッパに履き替えていると、西条さんがやってきた。

「相川、おはよう」

「おはようございます、西条さん」

にこやかに挨拶を交わして、廊下を歩いていく西条さんを見送る。

「最近、西条さんと親しいんだな」

「ええ。友人になりましたので」

私の言葉に、貴史さんは目を見開いた。よほど、驚いたらしい。

「立花は、西条さんのことを嫌っていただろう」

やはり周囲から見てもあからさまな態度を、私は西条さんにとっていたらしかった。そのことを反省する。

「西条さんのこと、何も知らなかったと気づいたの」

最近では、学園内ですれ違ったら、世間話や、お互いのことを知る一環として、好きな色や食べ物など、「好きなものシリーズ」について話したりしている。

「そうか」

なぜか面白くなさそうに相槌《あいづち》を打った貴史さんに首をかしげる。

「どうされたの？」

「……別に」

その別に、は明らかに何かあるときの言い方だった。けれどそれを追及する前に教室に着いてしまったので、そのまま聞かずじまいになってしまった。

中間テストが終わったら、六月の半ばにある体育祭に向けて、生徒会はまた忙しくなる。

放課後になり、生徒会室に向かおうとして、廊下がざわついているのに気づく。テストの結果が廊下に貼り出されたのだ。

西条さんに十位以内に必ず入ると大見得を切ったのだ。どきどきしながら、結果を見る。

一位はいつも通り河北さんだった。二位は、これもまたいつも通り貴史さん。三位が真理亜。四位、違う私じゃない。五位、違う。六位、違う。七位、違う。八位、違う。九位、違う。

そして――

十位、相川立花。

何度も自分の名前と順位を確認する。そこには確かに、私の名前があった。信じられない。でも、すごく嬉しい。

「立花さん！」

私が成績表の前で感動していると、友人たちが嬉しそうに私の周りに集まってきた。

「すごいわ、十位なんて」

「とても努力されたのね」

「今度私にも勉強教えてくださいな」

「皆さん、ありがとう」

そう言った声は喜びのあまり震えている。興奮が冷めないまま、じっと成績表を眺めていると、聞き知った声がした。

「な、だから言っただろ？　相川はこのテストで十位以内を取るって」

振り向くと、西条さんと東井さんだった。三年から二年の教室までは遠いのに、西条さんはわざわざ確認しに来てくれたらしかった。それも嬉しい。

東井さんは成績表の前に行って、順位と名前を交互に見比べると、ふん、と鼻を鳴らした。

「カンニングでもしたんじゃないですか？」

「なっ！」

私は、実力もないのに父に頼んで生徒会に入れてもらうという、愚かな行いをした。

だから、一度くらい十位以内に入ったからって、簡単に東井さんに認めてもらえると思ってはいなかった。けれど、さすがに今の東井さんの言葉は私に対する最大級の侮辱だった。

羞恥と怒りで顔が真っ赤になるのを感じる。思わず言い返そうとした私の肩に、誰かの手が置かれた。顔を向けると、西条さんだった。西条さんのおかげで、少し冷静になる。

「實さぁ、いくらなんでも、さすがにそれはないんじゃない」

そう言った西条さんの声は、今まで聞いたことがないほど、冷めていた。

「相川が毎日クマができるほど、必死で勉強頑張ってたのを俺は知ってる。確かに生徒会に入ったきっかけは間違っていたかもしれないけど、努力を否定するのは間違ってる」

クマはコンシーラーで隠したつもりだったけれど、隠せていなかったらしい。

厳しい表情をした西条さんの言葉に、ぐっ、と東井さんが唇を噛む。

「……相川さん、確かに言いすぎました。申し訳ありません。ですがこの程度のことで、僕はあなたを認めたりしませんから」

東井さんはそう言って、足早に去っていってしまった。

「庇ってくれてありがとうございます、西条さん。でも、私のせいで東井さんと……」

私が原因で、仲良しの二人が仲違いしたらどうしよう。

「大丈夫だよ。俺が言ったのは本当のことだし、それに最近の實は変だから、少し距離を置きたかったんだ」

西条さんはそう言ってくれたけれど、結局、体育祭に向けた今日の生徒会の会議はとても気まずいものとなった。

東井と西条

「やっぱり、西条様が一番よね」

「わかるわ、あのときの西条様、素敵だったもの」

私が真理亜について糾弾《きゅうだん》されかけた件とカンニングを疑われた件から、東井さんのファンだった何人かの友人たちは完全に東井さんを見限り、西条さんのファンクラブに移っていた。

「でも、立花さんが西条様と親しくされてるなんて知らなかったわ」

「……ええ。最近友人として親しくしていただいてるの」

私が頷くと、友人たちは楽しそうに悲鳴を上げた。

「西条様との、禁断の恋、素敵じゃない？」

「素敵だけれど、立花さんは王塚様一筋だもの」

「そんなことわかってるわよ、ちょっとした妄想よ、妄想」

本人を目の前にして、妄想しないでほしい。けれど、彼女たちの囀《さえず》るようなおしゃべりは止まることを知らないので、邪魔をしないように教室を出る。

私と東井さんの関係が悪いのは今まで通りだけれど、東井さんと西条さんも未だにぎすぎすとしていた。

二人とも優秀な人たちだから、仕事にそこまで大きな支障はない。けれど私も一因なので、西条さんに気にするなと言われても気にはなってしまう。

じめじめした空気を振りきるように、屋上の扉を開ける。

「……はぁ」

屋上には、爽やかな風が吹き抜けていた。ようやくしっかり息ができる気がした。ん、と大きく伸びをする。そこで、先客がいることに気がついた。

光輝さんだ。

そういえば、以前に屋上を訪れたときも、光輝さんが昼寝をしていたのだっけ。

「立花」

光輝さんは私に気づくと、寝転がっていた体を起こし、ひらひらと手を振った。

「あれ、立花ってば、元気ないね？」

「……東井さんと西条さんが私のせいで、仲違いされたでしょう？」

「ああ、なんだ。そのことか」

光輝さんは、気の抜けたような顔をして息をつくと、また昼寝に戻ってしまう。

「こ、光輝さん！」

そこは何かアドバイスをくれるところじゃないの⁉

慌てて光輝さんの体を揺さぶると、光輝さんは目を閉じたまま、心配ないよと呟く。

「あの二人なら、すぐに仲直りするよ。立花は心配しすぎ」

……本当にそうだろうか？

でも、光輝さんがそう言うなら、そうなのかしら。

と、ちょうどそこで昼休みの終わりを告げるチャイムが鳴ったので、慌てて光輝さんを起こし、私は教室に戻った。

放課後、やはり生徒会室にはピリピリとした空気が漂っていた。今日もなんとか仕事は終えたものの、日に日にその空気感は険悪になっているように感じる。

「あの、西条さん」

「相川、どうしたの？」

私にはこんなにもにこやかに答えてくれる西条さんも、東井さんのこととなると急に不機嫌になるのだ。

「この書類、後で東井さんに渡していただけませんか？」

東井さんは今、お手洗いに行っていてここにはいない。お節介だとは思いつつ、二人が話すきっかけになればと、書類を西条さんに手渡そうとする。しかし西条さんはわざとらしく、首を横に振った。

「ごめん。俺、今忙しいから」

とりつく島もない。

やっぱり、全然大丈夫じゃなかったわ！

……うーん、どうしようかしら。

私が頭を悩ませていると、いきなり横に立った貴史さんが私の腕を掴《つか》んだ。

「立花、帰るぞ」

「え、でも、書類が……」

「たいして重要なものじゃないし、東井さんの机に置いておけばわかるだろ」

「そうだけれど……」

でも、それだと東井さんと西条さんの仲が。

「相川さんは今忙しいみたいだし、王塚くん、私と帰ろうよ。王塚くんと話したいと思ってたんだ」

少し離れたところで話を聞いていたらしい真理亜が、すかさず貴史さんに提案するけれど、それを気にした様子もなく、貴史さんは私の腕を引っ張る。

「悪いけど、俺は立花と帰るから。ほら、立花」

「えっ、ええ。お先に失礼しますね」

不満げな真理亜を置いて、私たちは生徒会室を後にした。

そうして乗り込んだ車の中で、うんうん唸《うな》っていると、貴史さんが呆れたようなため息をつく。

「あの二人のことなら放っておけ」

「でも」

「あの二人は喧嘩するといつもああだから」

その貴史さんの言葉で思い出す。

そういえば、貴史さんは中等部のときテニス部で、西条さん、東井さんと一緒だった。

「ああ見えて、西条さんも東井さんには甘いから、今までは西条さんが折れてたけど。今回のは、どう考えても東井さんが悪いだろ」

「そうだけれど、でも……」

「この件に関しては、俺も東井さんに怒ってる」

「……え？」

なぜ、貴史さんまで？

私の疑問が伝わったのか、貴史さんが再び大きくため息をつく。

「あのな、立花がカンニングを疑われたんだぞ」

王塚の婚約者がカンニングをしたとなっては、ことだ。この学園には王塚と取り引きのある家の子もたくさんいるし、王塚の評判を落としかねない。だから、貴史さんも怒ってるのか。

「……なるほど」

「絶対わかってないだろ。……まぁ、いい。とにかく、二人のことは放っておけ。そのうち東井さんの方が西条さんに泣きつく」

西条さんに泣きつく東井さんの図を想像しようとするけれど、これがなかなか難しい。あの自信満々で挫折なんて知らないと言わんばかりの東井さんが、西条さんに、泣きつく？

……？

「そんなこと、あり得るの？」

「ああ。楽しみにしておけ」

「ええ、そうね？」

頭の中が疑問でいっぱいになりながらも、とりあえず、貴史さんの言葉に頷いておいた。

◇◇◇

数日後。生徒会室には、異様な光景があった。

「雅人、僕が悪かったです。だから、どうか許してください。君に嫌われると、僕は……」

まさか本当に、東井さんが西条さんに泣きつくとは思わなかった。あまりの光景に驚いていると、私の耳元で、貴史さんが解説してくれた。

「東井さんは交遊関係の広い西条さんと違って、友人と呼べるのは西条さんしか――いや、今は坂井もだったか――いないから、ずっと冷たくされることに耐えられないんだ」

「……なるほど」

それで孤独に耐えかねた東井さんが、西条さんに泣きついたというわけか。けれど、西条さんはまだ、冷めた目をしている。

「謝る相手が違うんじゃない？」

「彼女には一度謝っています」

「口先だけはね。全く心がこもってなかったでしょ」

なんだか、友人の会話というよりも親と子の会話みたい。そんなことを考えていたら、不服そうな顔をした東井さんが私の方を向いた。そして、ぐっ、と唇を噛むと、本当に反省しているような顔をする。

「申し訳ありません。あなたを侮辱するようなことを言いました」

「いえ、謝っていただけたのなら、もういいです」

確かに東井さんと西条さんの仲を心配していたけれど、それ以上に、実は私も怒っていた。けれど、東井さんの反省した顔を見て、溜飲《りゅういん》が下がった。

元はと言えば、生徒会に入ったきっかけもさることながら、一年間も一緒にいたのに東井さんの信頼を勝ち得なかった、私自身も悪かったから。

「……これでいいですか、雅人」

「最後のそれがなければ、完璧なんだけどなぁ。まぁ、相川も許したみたいだし。今回は俺も、實からの生徒会の用事以外のメールを無視したりして大人げなかった。ごめん」

こうして、二人は和解し、また生徒会室の空気は元に戻ったのだった。

けれど——

「……ですが、これで僕があなたを認めたとは思わないことですね」

と、東井さんは私の仕事量を増やしてきた。

東井さんの信頼を得るには、成績を上げ続けるだけでなく、生徒会の仕事でも貢献していかないといけない。

きっかけを捻《ね》じ曲げてしまったのは、かつての私だから。

だから、今後はもっと頑張らないと。

ということで、東井さんに渡された何年か分の体育祭の資料を、図書室に戻しに行く。

資料があった元の場所は……

「……えぇ」

ずいぶん高い。本棚の最上段だ。

私の身長では、脚立を使わないと戻せそうもない。

そもそも、どうしてあんなところに資料が。生徒会以外誰も使わないから、一番上に追いやられたのだろうか。ため息をつきたくなりながら、脚立を探し、資料を片付ける。

――と、片付け終わったことで気が緩んだのか、降りようとしたときに脚立から足を踏み外してしまった。

衝撃を覚悟して目を閉じる。

「っ！」

けれど、衝撃はいつまで経ってもやってこない。

……？

疑問に思い目を開けると、そこにいたのは、呆れた顔をした貴史さんだった。どうやら、貴史さんが受け止めてくれたらしい。

「西条さんに、資料を戻す場所が高いところだから見に行ってやってくれ、って言われたけど、本当だったな」

「ありがとう、貴史さん。もう大丈夫だから、その」

そろそろ、下ろしてほしい、と言外に伝える。けれど貴史さんには、私の言葉を聞き入れる気はないらしい。

「最近、やけに西条さんと親しいな？」

……なんだか、このやりとりには既視感を覚える。

「ええ、友人だもの」

「そうか。それで――」

それで？

「立花の婚約者は誰だ？」

そんなもの、言うまでもない。

意図がわからないけれど、貴史さんは私が答えるまで私を下ろす気はないようだった。

「……貴史さんよ」

私がそう言うと、満足したように貴史さんは私を下ろして、図書室の出口へ向かう。

最近の貴史さんは本当に変だ。その態度はまるで……

一瞬浮かんだ考えを、首を振って打ち消す。

そんなこと、あるわけない。

貴史さんは真理亜との友情をとるのだから。

ただ単に、王塚として、婚約者への対応をしているだけだ。私が貴史さんを好きだったのは過去の話だし、よくわからない貴史さんに惑わされるわけにはいかない。

「どうした、行くぞ」

「ええ、今行くわ」

立ち止まってこちらを振り向いた貴史さんを追い越すように、足早に歩く。私は、過去に留まるつもりは微塵《みじん》もないのだから。

龍恩志真理亜

「……はぁ」

以前の失態を思い出してため息をつく。

「お嬢様？　また憂鬱《ゆううつ》ですか」

髪を結ってくれていた山本さんが、そんな私を見て心配そうに首をかしげた。

「ええ。そうなの」

今日もパーティーがある。当然、貴史さんも参加するパーティーだ。

もう一度つきかけたため息をなんとか呑み込む。

いいえ、私は過去には留まらないと決めたもの。今日はこの間のような失態を演じなければ、それでいいわ。

気持ちを切り替えるように頬を軽く叩くと、少しだけ気分が前向きになる。

鏡の中の私も、明るい顔になった気がする。

よし。頑張ろう。


両親と一通り挨拶回りを終え、ひとまずの役割は果たした。

少しお腹が空いている。

せっかくのパーティーだ。あまり食べすぎるのははしたないけれど、軽食をとるくらいなら構わないだろう。

そう思って軽食コーナーに行くと、意外な人物と出会った。

「西条さん？」

「おっ、相川」

私に気づくと、西条さんはひらひらと手を振る。

陽気な性格とは裏腹に、西条さんはあまりパーティーが得意ではないのか、欠席することが多かった。

けれど、その西条さんがパーティーに来るということは、おそらく……

「雅人、食べながら話すなんてはしたないですよ」

そう言って、西条さんから皿を取り上げたのは東井さんだ。

東井さんもパーティー嫌いで有名であり、その東井さんと西条さんがいるということは、今回のパーティーではよほど重要な発表があるらしい。

きょろきょろと辺りを見回すと、河北さんもいた。

今回のパーティーの主催者は龍恩志だ。何か新たな事業でも始めるのだろうか。

そんなことを考えながら、西条さんが取り分けてくれた軽食を食べていると、龍恩志の現当主が壇上に現れ、挨拶を始めた。

この会の目的は、事業の宣伝ではなく、これまで表に出していなかったご息女の紹介らしい。

その内容がこうだ。

その息女は、龍恩志の亡き妻に似て病弱だったため、田舎で療養させていたこと。

けれど、今はもういたって健康であるので、手元に呼び戻したこと。

田舎育ちの娘に同年代の友人を、と思い、この会を開いたこと。

……その娘が誰かは、言うまでもない。

スーツ姿の男性にエスコートされて、彼女が出てくる。

「私の娘――、龍恩志真理亜です」

可憐な少女の姿に、会場がざわめいた。

坂井真理亜が、本当は龍恩志真理亜だということは知っていたので、私は驚かない。

けれど、疑問は残る。なぜ、このタイミングで？

「またこの場で、真理亜を、龍恩志の正統な跡取りとして、ご紹介させていただきます」

つまり、真理亜に対する無礼は龍恩志に対する無礼と同義だと言外に告げて、当主は紹介を締めくくった。


翌朝の学園は、それはもう大騒ぎだった。

今まで庶民だと思っていた転入生の少女が、天下の龍恩志の息女だったのだから。

「まさか、あの子が……」

「私ははじめからただ者ではないと思っていたわ」

私たちの教室もざわざわとして落ち着かない。

「あっ、見て。いらしたわ」

真理亜は東井の車ではなく、龍恩志の車でやってきた。

黒塗りの高級外車が、校門の前に停まる。

その車の中から出てきたのは、今までとは印象が全く異なる真理亜だった。

今までの真理亜は、確かに美少女ではあったけれど、どこか素朴な雰囲気を漂わせていた。けれど、今の真理亜には、まるでさなぎから羽化した蝶のような、艶《あで》やかな空気があった。

龍恩志の跡取りという自覚と後ろ盾が、それを感じさせるのだろうか。

みんなが息を呑んで、教室の窓から真理亜の一挙手一投足に注目していた。

けれど、真理亜はそんな視線を物ともせず、軽やかに校内へ入っていく。

その姿を見届けると、再び教室内はざわめいた。

「ちょっと、今の見た？」

「見ました。まるでお姫様のようだったわ」

友人の言葉に納得する。お姫様、確かにその表現はぴったりかもしれない。

「そうね、シンデレラもかくやと思われる変貌《へんぼう》ぶりだわ」

「天下の龍恩志のご息女を灰かぶりだなんて、失礼よ」

「あら、そうかしら――」

なんて友人たちが言い合っている間に、真理亜は私たちの教室に着いたようだ。

教室中が水を打ったように静かになる。

「皆様、ごきげんよう」

真理亜の鈴を転がすような声が、教室内によく響いた。

なんとも微妙な空気の中、体育祭についての会議を終え、みんなが無言で片付けをしていたときだった。

「ね、一緒に帰ろうよ、王塚くん。車、待たせてあるから」

真理亜が無邪気に微笑む。

貴史さんは一瞬だけ私を見たけれど、すぐに視線を逸《そ》らして頷いた。

「……ああ。じゃあ、皆さんお疲れ様でした」

そう言って、貴史さんが真理亜と二人で生徒会室を出ていく。

「まさか、坂井が龍恩志の娘だったとはね」

取り残された私たちの沈黙を破ったのは、西条さんだった。

「？　西条さんと東井さんは、ご存知だったのでは？」

二人とも、一度は真理亜と一緒に登校したことがあったはず。そのときに、その話が出たり、家を知ったりする機会はあっただろう。

「下校のときは、真理亜さんはいつも、コンビニの前で降ろしてくれ、と言っていたんです。登校のときも同様に、コンビニの駐車場で集合でした」

そう答える東井さんは、本当に困惑しているように見える。無理もない。

「……なぜ、はじめから龍恩志だと名乗らなかったんだろうね？」

ぽつりと、光輝さんがこぼした言葉に頷く。

坂井は母方の旧姓らしいけれど、龍恩志の跡取りとして田舎から戻ってくるなら、転入時から龍恩志と名乗った方がよほど自然だ。

少なくとも転入したてのときは、坂井のまま通す予定だったのだろうと思う。

「つまり、何か、急に龍恩志だと明かさなければならないような、事情があった……？」

例えば、昨夜はお元気そうに見えたけれど、現当主が急な病だとか。

安直すぎる考えだろうか。

「まあ、僕たちがその事情を気にする必要はないでしょう。坂井真理亜でも龍恩志真理亜でも、真理亜さんが僕の友人であることに変わりはないのだから」

東井さんの言葉は、できれば真理亜に直接言ってあげた方がいいのではないかしら。

まぁ、でも、そうね。

龍恩志が原因で、相川が没落することはないだろう。だから、私には真理亜の事情は関係ない。

それに誰と貴史さんが帰るかも……いえ、それは、婚約者として気にするべきかしら。

でも、私の婚約者に龍恩志との繋がりができるのは、良いことだ。

だから止めることはできないし、このまま様子見かしら。

なんて呑気に思っていた、その一ヶ月後。

――私と貴史さんの婚約は、相川と王塚の合意のもとに解消されるのだった。

まずはじめに、龍恩志から王塚に打診があった。貴史さんを、相川ではなく、龍恩志に入れる気はないかと。王塚も、はじめのうちは渋ったらしいけれど、結局、龍恩志という圧倒的な権力者との願ってもない縁組みに飛びついた。

次に龍恩志は相川に打診した。婚約者を譲る気はないかと。

将来の相川の婿《むこ》になるはずだった貴史さんと引き換えに提示された条件は、相川にとって破格のものだった、らしい。らしいというのは、私は具体的に何かを知らないからだ。

そうして、相川と王塚の合意のもと、私たちの婚約は正式に解消された。

◇　◇　◇

「…………かさん、立花さん、大丈夫？」

「えっ、ええ。もちろんよ、桜子《さくらこ》さん」

友人の言葉にはっとする。つい、ぼうっとしていたようだった。

正式に私たちの婚約が解消されて、貴史さんは真理亜の婚約者となった。

当然、貴史さんが朝私の家を訪れることはなくなり、帰りを共にすることもない。

一人の時間が増えて、生活に余裕ができたはずなのに、私ときたら、以前にも増してぼんやりすることが多くなった。

今も、友人たちとお弁当を食べている真っ最中だというのに、箸が止まっていた。

せっかく山本さんが腕によりをかけて作ってくれたのに。

「立花さん、やはり具合が悪いのではなくて？」

「……ええ、そうみたい。保健室に行ってくるから、皆さんは気にせず楽しんでね」

せっかくのお昼休みなのに、辛気くさい私がいたらみんなも息が詰まるだろう。そう思って、保健室に向かう。

「っ！」

考え事をしながら階段を下りていたのが良くなかったのか、最後の二、三段で足を踏み外した。

嫌な感覚と共に体のバランスを崩して、倒れ込みそうになる。

「っと。大丈夫か？」

そんな私を支えてくれたのは、西条さんだった。

「ありがとう、ございます」

西条さんは私とは反対に、保健室から出てきたようだった。どこか具合でも悪かったのだろうか？

「って、大丈夫そうな顔じゃないな。肩貸すから、あともう少し歩ける？」

「……はい」

大丈夫だと、言うつもりだった。保健室はすぐそこだから。

それなのに私から出てきたのは、弱々しい声だった。

西条さんに支えられて保健室に入ったはいいものの、熱や咳が出ているわけでもない私は、ひとまずベッドで一時間休むことになった。

「もう、大丈夫ですよ。西条さん」

せっかくの昼休みだというのに、西条さんは私が寝ているベッドの横にわざわざ椅子を持ってくる。

「ちょうど、俺も保健室で休みたかったんだよね」

嘘だ。西条さんが、この保健室から出てきたのを私は知っている。

西条さんの指には絆創膏《ばんそうこう》が巻かれていた。きっと、指を怪我したのだろう。

「それとも、俺といるとどきどきして、恋に落ちちゃう？」

いたずらっぽく西条さんが笑う。

私もいつもの西条さんの冗談にふ、と笑おうとして、しかし顔が引きつった。

それに気づかない西条さんではないはずなのに、西条さんは笑って続ける。

「そういえばさぁ、相川、俺と交換日記しない？」

「……は？」

思わぬ言葉に、目を瞬かせた私に西条さんは再度口を開く。

「交換日記だよ、交換日記」

いえ、それは聞こえていたけれど。

どうして、急に？

「俺、交換日記するのが夢だったんだよ。でも、實は、『僕がそんな面倒なもの、するはずないでしょう』って、バッサリでさぁ」

西条さんは声真似が上手い。まるで本当に東井さんがそこで言っているようで、思わずくすくすと笑ってしまう。

「ね、どう？」

「わかりました」

「やったー、じゃあ、早速明日持ってくるね」


その言葉通り、西条さんは翌日、私に鍵つきの日記帳を手渡してきた。

「鍵は俺のと、相川の。二つしかないから、なくしちゃだめだよ」

「はい」

そうして、なぜか西条さんとの交換日記が始まったのだった。

『今日は、体育でバレーをした。そしたら、實が顔面でボールをキャッチして、鼻血を出して大変だった！　それから――』

西条さんは意外と几帳面っぽい角ばった文字で、その日あった出来事や、西条さんの家族のこと、面白かったテレビ番組のことなどを書き込んでいた。

私は、何を書こう。

今日は――。今日は？　何をしたっけ。なんだか、あまり記憶がない。

結局、最初の日に書けたのは、『今日は天気が良くて気持ち良かった』。

その一言だけだった。

交換日記を始めてしばらく、私は一日に一言しか書けなかった。

けれど、段々、二言、三言、書けるようになっていた。

何か書くネタはないかと、周りを注意して見るようになったからだ。

例えば、河北さんが育てた花が今日は綺麗に咲いていた。昨日まではピンクだけだと思っていたけれど、新たに赤い花も発見した、とか。

他人にとっては些細な、けれど私にとっては大切な、そんな出来事ばかりだったけれど、そのどれにも西条さんは温かいコメントをくれた。

『おっ、いいなぁ。今度俺にもその花教えてよ。河北が育てたんならきっと、綺麗だろうな』

そんなやりとりが続いていたある日。

交換日記には、一日ひとつ、相手への質問を書く欄がある。その日、そこにはこう書かれていた。

『相川には、夢ってある？』

◇◇◇

――六月の中頃。今日は、体育祭が行われた。

体育祭の最後にはフォークダンスを踊るのが恒例なのだけれど、参加は自由で、皆思い思いの人と踊っている。

きっと、真理亜と貴史さんも踊っているのだろうその賑《にぎ》わいを、私は生徒会室からぼんやりと眺めていた。

「相川？」

聞き慣れた声に振り向くと、西条さんが柔らかく笑っていた。

「どうした、ぼーっとして」

「西条さん、私」

「ん？」

「夢、書けなかったでしょう？」

「……あぁ」

西条さんは交換日記のことに思いいたったようで、数拍置いてから頷いた。

「私、本当は夢が、あったんです。聞いていただけますか？」

「もちろん」

「私、貴史さんのお嫁さんになりたかったんです。ううん、なりたかった、っていうよりも、なるんだって、思ってた」

貴史さんと初めて出会った日。

貴史さんが、私たちは将来結婚するんだと言った日から、ずっとそう思っていた。

「でも、貴史さんのことは好きじゃないって、思ってたんです。もう、全然ちっとも、これっぽっちも好きじゃないって。だから、婚約を解消したことだって、全然平気で。なのに」

「うん」

夢、と聞かれると、貴史さんと結婚すること以外に何一つ思い浮かばなかった。

例えば、大学はここに行きたいとか、こんな大人になりたいとか、そういったことさえも浮かんでこなかった。

「私、貴史さんのことが」

そのとき、ふわりとしたものが私を包んだ。西条さんのブレザーが頭にかけられたのだと、数秒かかって気がついた。

「泣いていいよ、相川。誰も、俺も、見てないから」

それは、最後のだめ押しで。好きなんです、とうわ言のように呟きながら泣く私の背を、私が泣き止むまでずっと、西条さんは優しく撫でてくれていた。

失恋

――その後も、西条さんとの交換日記は続いていた。

西条さんは今まで通り日常の出来事を面白おかしく書き連ね、私はそれへのコメントと、ささやかな日常を書いて返した。

どうせ西条さんにも見せる日記を書くなら、悪いことよりも、良いことを。

そう思えたから、真理亜と貴史さんが一緒に登下校したり、話しているのを見ても、全然平気……とまではいかないにしても、相川が没落しなくて良かったと、プラス面に目を向けることができた。

体育祭が終わり、今学期の生徒会の活動はこれで一段落だ。そんな、ある日のこと。

たまには気分を変えてみようかと、お昼は山本さんのお弁当ではなく、購買部でメロンパンを買った。

熾烈《しれつ》な争いを経てメロンパンを手にした私は、どこかふわふわとした気分で廊下を歩いていた。

このメロンパンはとても美味しいのだと、交換日記に書いてあったのだ。

以前の私なら、もみくちゃにされながらパンを買うなんて想像もできなかったけれど、やってみると思ったより楽しかった。

袋に入ったメロンパンを覗き込んでいると、突然何者かに腕を引っ張られ、空《あ》き教室に連れ込まれた。

「っ!?」

一瞬、曲者《くせもの》!?　と思ったけれど、凰空学園のセキュリティは万全だ。

顔を上げると見知った人物だったので、緊張を緩める。

「……王塚さん」

貴史さんは、どこか苦しそうな目で私を見ていた。

「立花」

貴史さんに名前を呼ばれるのは、ずいぶんと久しぶりだった。婚約者でなくなってから、生徒会の仕事中や話があるときは、相川と呼ばれていたから。

「泣かないでくれ、立花」

「……泣いてないわ」

これは本当だ。体育祭の日に思いっきり泣けたから、あれ以後、私は泣いていない。

「でも、泣きそうだ。お前は泣きそうなとき、親指を隠す癖がある」

自分でも気づいていなかった癖を指摘され、驚く。

確かに、今の私は親指を隠すようにして手を握りしめていた。

「……そんなことより、ご用件は何かしら？」

貴史さんも暇ではないはずだ。何かしらの用があって、私を教室に連れ込んだのだろう。

それに、以前婚約者だった私と貴史さんが空《あ》き教室で二人きりで会話していた――なんて、あらぬ噂を立てられかねない。

「立花、俺はお前が――」

貴史さんが何かを言いかけたとき、がらりと教室の扉が開いた。

「貴史くん、こんなところにいたのね」

鈴を転がすような声に、思わずびくりと体が揺れる。

教室へ躊躇《ちゅうちょ》なく入ってきた真理亜は、貴史さんに抱きつくと、私のことなど目にも入っていない様子で、彼を見上げた。

「もう、一緒にお昼ご飯を食べようって言ったのに、いなくなっちゃうんだから。パパに言いつけちゃうよ」

「……悪い」

「――いいよ。素直に反省したのに免じて、今回は許してあげる」

許す。

それは、おそらく昼食のことではなく、私と貴史さんが密会していたことを指しているのだろう。

私と貴史さんの視線は合うことなく、貴史さんは真理亜と教室を去ろうとする。

もし、もしも。貴史さんが振り返ったら。

そんなことあるはずないのに、心の中で賭けをする。

私の本当の気持ちを、貴史さんに伝えよう。

「……貴史さん」

――教室の扉が閉まる。

貴史さんは、振り向かなかった。


テラスで一人、メロンパンをかじる。

ずっと、ずっと、好きだった。

初めて会ったあの日からずっと、貴史さんに恋をしていた。

――貴史さんは振り向かなかった。

それが答えのような気がした。

だから、私もこの恋を、本当に諦めよう。

だって、もう私のこの想いを告げることは二度とないのだから。

体育祭の日に散々泣いたはずなのに、そう決めると、また涙が出てくる。

「……ふ、っう」

涙は後から後からこぼれて止まらない。

けれど、俯《うつむ》きかけた顔を上げる。

振り向かなかった貴史さんは、前に進んでいるんだ。

だから、私も前に進まなくちゃ。

——初恋は叶わないと言うけれど。

そうして、私は失恋をしたのだった。

婚約

さて。私は相川の一人娘だ。

いずれは相川を継ぐ者として、私はパートナーを探さなければならない。

貴史さんとの婚約が解消されたとき、父には、相手を無理やり決めるようなことはしないから、私の自由にしなさいと言われた。

自由、と言っても、ある程度の制限はある。

相川の家に婿《むこ》入りしてくれる人であること。できれば、相川にとってうまみがあること。

……なんて、そんな都合のいい人物、そうそう転がっているはずない。

この学園にいる男子生徒は婚約者か許嫁《いいなずけ》がいるか、あまり、相川の利にならないグループの子息か。

「難しい……」

「何が難しいの？」

テラスで項垂《うなだ》れていると、声をかけられた。西条さんだった。

「窓から、相川が見えたからさ。どうしたのかと思って」

西条さんなら、何かいい案が浮かぶだろうか。

そう思って、婚約者について相談してみる。そうすると、西条さんは心配そうに、私の顔を覗き込んだ。

「無理して探すことないんじゃないの？　相川だって、まだ心の整理がついてないでしょ」

「でも、前に進みたいんです。うずくまって泣いていても、もうどうにもならないから」

「相川は、強いなあ」

西条さんの言葉に首を振る。

私は、弱い私のままだ。

けれど、前に進もうとしている私を後押ししてくれているようで、嬉しかった。

「私は、強くありません。……でも、ありがとうございます」

「ううん、強いよ。それで、さっきの話だけれど」

「はい」

西条さんは少し考えるそぶりをして、それからいたずらっぽく微笑んだ。

「婿《むこ》入りしてくれて、相川にとっても利になる相手……だったらさ、俺とか、どう？」

「え？」

「俺は一応、西条家の三男だし、婚約者や許嫁《いいなずけ》もいない。自分で言うのもなんだけど、結構お買い得だと思うよ」

確かに、西条の家ほどの規模ならば、相川としても利になる。でも、どうして。

「俺さ、嬉しかったんだよ。相川に、兄さんや實でも、他の誰でもない、俺を知りたいって言われたこと。……きっと、相川にとってはそんな深い意味はないんだって知ってる。でも、俺にとっては大きなことだったんだ」

そう言って、西条さんは微笑む。

「俺は、相川の弱みにつけ込もうとしてる、ずるい人間だ。でも俺は、本当に、相川が好きだよ」

帰宅して、ベッドに転がり込む。西条さんと話したのはお昼休みだというのに、まだ彼に言われた言葉がぐるぐると頭の中を回っていた。

「……だって、初めてだったもの」

そう、誰かに告白されるなんて思ってもみなかった。それも、友人である西条さんに。

「どうしよう」

なんて答えたらいいのだろう。

自由にしなさいと言われたけれど、一度父に判断を仰ぐべきだろうか。

そう思い父のもとへ行くと、父は喜んだ。

「西条の雅人くんか。確かに彼なら、私としても文句はないよ。立花に異存がなければ、すぐにでも西条に打診しよう」

つまり、あとは私の気持ち次第ということ。

私の気持ち？

貴史さんのことは諦めたし、どの道パートナーを見つけなくてはならない。

西条さんのことは友人としてだけれど、好ましく思っている。

……もしかして、もしかしなくても、問題ないのでは？

「……問題、ありません」

私が頷くと父は早速西条に打診し、私は西条さん――いえ、雅人さんと、正式に婚約することとなった。

◇　◇　◇

週が明け、教室に着くといきなり友人たちに囲まれた。

当然だ、確か雅人さんには抜け駆け禁止の協定がある。

「皆さん、ごめ――」

「おめでとう、立花さん！」

「……え？」

意外な言葉に目を瞬かせる。私は彼女たちに一発ずつくらいなら、殴られても仕方ないと覚悟していた。

「王塚様と婚約を解消されてから、お元気がなかったでしょう。でも、西条様なら安心だわ」

「でも、私は協定を破って……」

「立花さん、そもそもファンクラブに入ってなかったじゃない。協定で立花さんを縛《しば》ることはできないわ。それに、婚約は最終的に家同士が決めるもの。私たちもそれくらい、理解しているわ」

「そもそも、この学園のほとんどの女子生徒には婚約者や許嫁《いいなずけ》がおりますもの。生徒会の皆様に本気で恋愛感情を抱く方は稀《まれ》だわ」

そうだったのか。でも、じゃあ、なぜ、真理亜が東井さんと親しくしていたときは、あんなにみんな必死になっていたんだろう。私が尋ねると、友人たちは笑った。

「それは好きな芸能人に彼女ができたら、嫉妬《しっと》するのとおんなじですよ」

なるほど。

「だから、心から祝福します。おめでとう、立花さん」

みんなから口々に祝福の言葉をかけられ、私は久しぶりに友人たちの前で笑えたのだった。

君と

昼休み。テラスでぼんやりしていると、雅人さんがやってきた。

「窓から、見えたからさ。もしかして、邪魔した？」

「いいえ、全然」

雅人さんと会うのは、正式に婚約が決まった、西条と相川の話し合いの席以来だった。

「今日はいい天気だよね、……立花ちゃん」

「はい、雅人さん」

「あーだめ。やっぱり、照れる！」

そう言って雅人さんは顔を手で覆《おお》った。

「相川だと普通に呼べるんだけど、なんでだろ」

「……私も少し気恥ずかしいです」

「あ、やっぱり？　俺だけじゃなかった」

ならよかった、と雅人さんは安心したように笑う。その後、ふいに真面目な表情になった。

「立花ちゃん」

「はい」

「俺さ、愛のある家庭を作りたいんだ。恋は、そりゃあ、すぐにでも俺に恋してほしいし、俺もそのために頑張るから、そうしてくれたら嬉しいけれど」

そこで言葉を一度切って、雅人さんは続ける。

「そんな簡単に変わる気持ちじゃないと思う。でもさ、今はまだお互い知らないことだらけだけど、『知ってる』を少しずつ増やして、それを愛っていう形にできたら、いいなって」

「……はい。ありがとうございます」

雅人さんの言葉に頷く。

私は貴史さんに失恋したけれど、すぐにこの気持ちがなくなるわけじゃない。

それをわかった上で、雅人さんがそう提案してくれることが、とても嬉しかった。

「不束者《ふつつかもの》ですが、よろしくお願いします」

「うん。こちらこそ、末長くよろしくね」

そうして少し緊張もほぐれ、二人でしばらく会話をした。その中で、そういえば、と思い出す。

「……どうして、あのとき雅人さんは私に勉強を教えてくれたんですか？」

私と雅人さんが親しくなったのは、雅人さんが勉強を見てくれたのが、きっかけだ。

「實が、立花ちゃんが友達を使って龍恩志をいじめたって問い詰めたことがあったでしょう？」

「……はい」

雅人さんがそのことを知っていたことに、驚いた。

「實は元々思い込みの激しいところがあるけれど、前はあれほどじゃなかった。最近……特に龍恩志のことになると、周りが全然見えなくなってる。そんな實の目を覚ましたい……っていうのもあったけど」

けど？　他にも何かあるのだろうか。

私が首をかしげると、雅人さんは笑った。

「一番は、俺が立花ちゃんの助けになりたかったから」

「え――」

意外な言葉にさらに驚く。

「立花ちゃんは、元々生徒会の仕事を真面目にこなす方だったけど、最近、前にも増して真面目になったよね」

どんなきっかけがあったのかは、俺にはわからないけれど、と雅人さんが続ける。

「頑張ってる立花ちゃんの助けになりたいと思った」

……なるほど。

私が変わろうとしていたことを、雅人さんは気づいてくれていたんだ。

なんだか、とても嬉しい。

雅人さんとそれからいくつか会話をして、別れる。別れ際、雅人さんが私に忠告した。

「あまり、交友関係を制限するようなことは言いたくないけれど。龍恩志には、近づかない方がいい。彼女は俺たちのこと、知りすぎてる」

知りすぎている？

私が首をかしげると、雅人さんは、続けた。

「うん。俺や實が彼女に話してないことをいくつか知ってた。實は偶然だと思っていたようだけれど、俺にはそうは思えない」

「わかりました」

だから、雅人さんは、真理亜を警戒するような態度をとっていたんだ。真理亜が、雅人さんや東井さんの秘密を知っていた。もしかして、それは。でも、そんなこと……

「相川さん」

私が考え事をしながら教室に戻ろうとしていると、声をかけられた。

それは、鈴を転がすような声、だった。

「西条さんとの婚約おめでとう」

真理亜は満面の笑みでそう言った。

私もそれに笑顔で応える。

「ありがとう、龍恩志さん」

「婚約者がいる者同士、これからは仲良くしようよ。実は、貴史くんのことで相談があるんだけど」

貴史さんの名前に、一瞬動揺する。

けれど、真理亜には近づかないようにと、雅人さんに言われたばかりだ。

「ごめんなさい、相談事なら他の方をあたってくださる？　私ではお役に立てないと思うから」

「わかった。本当は、相談なんて嘘なの。のろけたかっただけ。貴史くんは私のことをすごく大切にしてくれてるよ。髪型を変えただとか、細かいことにも気づいてくれるの」

私に対する当てつけだろうか。

「……そう。それは良かったわね」

相川の令嬢として培《つちか》った完璧な笑みを作る。

真理亜に、少しでも貴史さんのことで悲しんでいると思われたくなかった。

真理亜が悔しそうな顔をする。

「私の方が、ずっと、ずっと、貴史くんに愛されてるんだから！」

そう言って、真理亜はどこかに去っていってしまった。

放課後、雅人さんから一緒に帰ろう、とお誘いのメールがあった。今日は生徒会はお休みなので、まっすぐに校門へ向かう。そこで雅人さんを待っていると、意外な人物に声をかけられた。

「……立花」

「王塚さん。龍恩志さんは？」

一緒に帰るのではないのだろうか。真理亜の姿が見えない。

「もう、俺のことは好きじゃなくなったのか？」

「っ、それは……」

いつかと同じ質問だ。

あのときは、口ごもって、震えた声で、『好きじゃない』としか言えなかった。

でも、今は。

私は、雅人さんの婚約者だ。

ぎゅっと、手を握りしめる。

「そうよ」

声は、震えなかった。

貴史さんは私の手元に視線を落とすと、苦しげな顔をした。

「立花、俺はお前だけが――」

「ごめん、貴史くん！　お待たせ」

貴史さんが何かを言いかけたところで、真理亜がやってきて、貴史さんに抱きついた。

「相川さん、貴史くんの話し相手になってくれてたんだね。ありがとう」

「いえ、私も雅人さんを待っていたので」

少しも表情を崩さないように微笑んで二人を見送った数分後、雅人さんもやってきた。

「ごめん、遅くなっちゃった。お待たせ、立花ちゃん」

「いえ、全然待ってないですよ」

走ってきた雅人さんに微笑む。

じゃあ帰ろうか、と言う雅人さんの言葉に従い、西条の車に乗り込んだ。

「立花ちゃん、この後時間ある？」

「？　はい」

今日は家庭教師も来ないので、時間ならたっぷりある。

そう答えると、雅人さんはいたずらっぽく微笑んだ。

「だったらさ、放課後デートしない？」

「放課後デート？」

聞き慣れない言葉に聞き返すと、雅人さんが笑みを深める。

「そうそう。その言葉通り、放課後にデートするの、素敵じゃない？」

放課後も何も、私はそもそもデートをしたことがない。

デートの作法なんて知らないんだけれど、大丈夫だろうか。

そう雅人さんに尋ねると、雅人さんは笑った。

「デートの作法は簡単だよ、楽しむこと！　それだけ。そうと決まれば、しゅっぱーつ！」

楽しそうに声を上げた雅人さんは運転手に何やら声をかける。行き先は、教えてもらえないらしい。

そうして連れてこられたのは、ゲームセンターやボーリング、カラオケなどがある複合型アミューズメント施設だった。

「立花ちゃん、こういうところ、来たことないでしょ？」

「はい、初めてです」

雅人さんは慣れているようだけれど、初めての私はきょろきょろとしてしまう。

「何かしたいものある？」

「あの、ゲームセンターに行ってみたいんですが、いいですか？」

「もちろん！」

雅人さんに案内されて初めて足を踏み入れたゲームセンターは、思ったよりも騒がしかった。

「うるさくて、ビックリしたでしょ？」

「はい」

雅人さんは「でも、そういうところが気が紛れていいんだけどね」と笑う。

「クレーンゲームってしたことある？」

「いえ」

「じゃあ、やってみるから見てて」

雅人さんが一台のゲーム機の前に立つ。お金を投入すると縦横にクレーンが動かせて、それで景品を上手く掴《つか》み取るという仕組みのようだった。

後ろから見守っていると、雅人さんはあっさりとウサギのストラップを取って、私にくれた。

「はい。こんなものかな」

お礼を言って、私も挑戦する。

クレーンゲームは一回百円らしく、それにも驚いた。

「もう少し、横だったかしら」

雅人さんが容易《たやす》く取っていたから、もっと簡単だと思っていたけれど、なかなか難しい。

私の場合は、景品のストラップを持ち上げることすらできなかった。

「もう一回、いいですか？」

雅人さんに尋ねると、雅人さんは笑いながら頷いた。

今度は、持ち上がったけれど、出口に行く前に落ちてしまった。

もう一回。もう少しで取れそう。

そんなことを何度か繰り返し、ようやく、ストラップを手に入れることができた。

「立花ちゃんって、意外と負けず嫌いなんだね」

「それも、あります。でも――」

雅人さんに、自分で取ったストラップを渡す。

「雅人さんがくれたのが嬉しかったから。私も自分で取ったのをプレゼントしたいなって思って……って、ごめんなさい。雅人さんは男の人だから、ウサギのストラップなんてつけたくないですよね」

自分の考えのなさにがっかりしていると、雅人さんは慌てたように首を振った。

「そんなことないよ！　……嬉しいな。ありがとう」

そう言って、雅人さんはすぐにストラップを自分の鞄につけてくれた。私もそれにならって、ウサギを鞄につける。

自分で言ったことなのに、なんだか気恥ずかしくなって、二人で顔を見合わせて笑った。

「とても楽しかったです！」

「俺も、楽しかった！」

それに何より、こんなに笑ったのは久しぶりだった。

雅人さんはスポーツが得意なのに、ボーリングは苦手のようで、ガターを連発していた。好きな歌はＪ－ＰＯＰだということもわかった。

雅人さんの新たな一面を知ることができた。

楽しくて、ずいぶん夜遅くまで遊んでしまったけれど、家には雅人さんが連絡を入れてくれていたらしく、父や母に叱られることはなかった。

帰宅してベッドに寝転ぶと、鞄につけたストラップを眺める。

誰かとお揃い。憧れだったけれど、実際にしたのは初めてだった。

ゲームセンターやカラオケ、初めてだらけだったけれど、どれもとても楽しい思い出になった。

そもそも、デートがこんなに楽しいものだと知らなかった。それを教えてくれたのは、雅人さんだ。

その日、私は幸せな夢を見ながら眠った。

魔法の言葉

翌朝。教室に入ると、友人たちに囲まれて冷やかされた。どうやら、雅人さんと一緒に帰るところを見られていたらしい。鞄につけたストラップにも気づかれて、昨日のことを根掘り葉掘り聞かれることとなった。

「でも、本当に楽しかったのね。立花さん、表情が明るいわ」

今まで、そんなに暗い顔をしていただろうか。

「最近は、そうでもないけれど。その、王塚様とのことがあってからひどく憔悴《しょうすい》しきっていらしたから」

確かに、雅人さんと交換日記を始めるまでの私はずっとぼんやりしていた。真面目になると決めたのに、授業もほとんど聞き流していて――

授業?

ふと浮かんだ言葉にはっとする。

もうすぐ、期末テストだ。

どうしよう、さっぱり勉強できてない!

「立花さん、どうされたの?」

急に真っ青になった私を友人たちが心配してくれる。

「期末テストのことを思い出して、憂鬱《ゆううつ》になってしまって……」

「気持ちはわかるわ。今回のテスト、噂では、点数が悪いと夏期休暇に補習があるんですってね」

せっかくの夏期休暇に補習!? それは、なんとしてでも回避したい。

「まぁ、でも立花さんの成績なら大丈夫よ……立花さん、聞いていらして?」

友人たちが何かを言っていたけれど、私の頭の中は「どうしよう」で埋め尽くされていた。

お昼休みに図書室に行き、参考書を探す。とりあえず、苦手な数学と化学の問題を今日中に解いて、わからないところを明日来る家庭教師に聞こう。

「……あ、あった」

目的の参考書はすぐに見つかった。

けれど、まあまあ高い場所にある。この高さなら脚立を使わなくても取れるだろう、と背伸びをしてみる。

……うーん、あと少しのところなのだけれど、取れない。

もう少し、もう少しで手が届くのに。

「……これか？」

背伸びして指をひらひらさせる。そんなことを繰り返していると、ふいに、本棚から目当ての参考書が引き抜かれた。

そして、そのまま手渡される。

「ええ、ありがとう、河北さん」

「……構わない。俺も隣の本が読みたかったから」

それは邪魔をしてしまった。

意地を張らずにさっさと脚立を使ってしまえば良かっただろうか。

「……顔色が――」

「え？」

では、と立ち去ろうとしたところで、河北さんに話しかけられた。

「良くなった。前は、幽鬼のようだったから」

幽鬼はさすがに言いすぎではないだろうか。けれど、河北さんなりに私を心配してくれていたのは、伝わった。

「心配してくださって、ありがとう」

「……元気になったのなら、いい」

ぶっきらぼうな言い方とは裏腹に、横を向いた河北さんの耳は赤い。河北さんは無口なだけで、よく気遣ってくれる。そのことにもう一度心の中で感謝して、図書室を後にした。


今日も生徒会はお休みだ。

放課後、雅人さんに呼び出されたので、また図書室に向かう。

図書室に着くと、雅人さんが自習スペースから手招きしている。

「立花ちゃん、期末テストがそろそろだけど、勉強進んでる？」

「……それが、全く」

恥ずかしく思いながら正直に言うと、雅人さんは笑った。

「だったら、今日は俺と勉強しない？」

「！　いいんですか？　でも……」

雅人さんと勉強できるなんて、私としては願ってもないことだ。

けれど、雅人さんにも自分の勉強があるはず。

「昨日連れ回しちゃったし。それに俺は天才だから、俺のことは心配しなくても大丈夫だよ。可愛い婚約者の勉強を見る時間くらい、いくらでもあるって」

そう言って、雅人さんは優しく微笑む。

「じゃあ、一時間だけお願いしてもいいですか？」

ここまで言われて引く方が、かえって雅人さんを傷つける気がした。

「うん、もちろん。立花ちゃんになら、一時間と言わず、何時間でも教えてあげるよ」

雅人さんの教え方は丁寧でわかりやすく、授業の遅れを取り戻すことができそうだった。

「……今日は、こんなものかな。それじゃあ帰ろうか」

「えっ、でも」

この一時間を私の勉強のためだけに使ってしまった。雅人さんの勉強はいいのだろうか。

「言ったでしょう、大丈夫だって。それに俺、家の方が集中できるタイプだし」

そうなんだ。それなら……いい……のかしら。

「……なら、帰りましょう」

「うん！」

帰りの車の中で、今日あった出来事を話す。友人や河北さんが私を心配してくれていたこと、雅人さんとのデートをからかわれたこと。

「うんうん、立花ちゃんの周りには優しいお友達がたくさんいるんだね」

「はい」

「あっ、そういえば、交換日記どうする？　そろそろテストだし、しばらくやめとこうか」

雅人さんの提案に首を振り、もし良ければ、続けさせてもらえないかと尋ねる。

雅人さんの几帳面そうな角ばった字を読むのは好きだし、日々の楽しみだった。

なんだか温かい気持ちになるから。

そう言うと、雅人さんは口元を手で覆《おお》った。

「雅人さん？」

「立花ちゃんって、ときどき大胆なことを言うよね」

そうだろうか？

事実を言っただけなんだけれど。

「ほら、また、そういう。……うん、じゃあ、続けようか。俺も立花ちゃんの字を読むのが好きだから」

……なるほど。

同じことを言われて、雅人さんの言う意味がわかった気がする。これは、気恥ずかしい。

「……ごほん。今日の、俺はね――」

気恥ずかしい空気を誤魔化すように雅人さんが咳払いをして、続けた言葉に耳を傾ける。

その後も他愛ない話をして、家に着くまでの時間を過ごした。

◇◇◇

何日間か睡眠不足の日々が続き、ついに一昨日、期末テストは終わった。私のでき得る限りの努力はできた、と思う。

あとは、テストの結果を待つだけだ。

一緒に登校した雅人さんと別れ、二年のフロアに着くと、廊下が騒がしい。

ついにテスト結果が貼り出されたようだ。

私の名前を探す。……あった、九位だ。今回はどうなるかと思っていたけれど、順位が一つ上がっていて、嬉しい。

……？

けれど、見知ったはずの名前が、なぜかない。

一位から五十位まで、目を皿のようにして探すけれど、どこをどう見たって、王塚貴史という名前は見つからなかった。

「どうして……?」

貴史さんは、体調が悪くてテストを受けなかったとか?

いいえ、テスト最終日の生徒会での会議には出席していたはず。だから、それはない。

遅刻して、テストを受けられなかったとか?

あの貴史さんが、遅刻なんてするだろうか。そもそも、王塚が遅刻を許すとは思えない。

でも、だったら、なんで――

そう思ったのは、私だけではなかったようだ。皆口々に貴史さんの名前がないことを不思議がっている。

「どうしたのかしら、王塚様」

「先生方のミスじゃない?」

「そうよね、王塚様の名前がないはずないもの」

なるほど。先生方のミスか。

ということは、私は十位だ。順位が上がったと素直に喜んでしまったけれど、そう簡単に成績は上がらないか。

納得しつつ、教室に入ろうとすると、ちょうど真理亜と貴史さんがやってきた。

真理亜が、食い入るようにして成績表を見つめる。

反対に貴史さんは興味がなさそうだった。

「これ、おかしいよ！」

みんなが思っていたことを、真理亜も叫んだ。

貴史さんの名前がないものね。

けれど貴史さんは、面倒そうにちらりと成績表を見るだけで、順位を確認するようなそぶりは見せなかった。いつも通り、二位に自分の名前があると確信しているのかもしれない。

「何もおかしな点はない」

とだけ言って、自分の教室に入ろうとする。そんな貴史さんを真理亜が引き留めた。

「だって、貴史くんの名前がないもん。先生のミスだよ。早く言わないと」

「……それのどこがおかしいんだ？」

……えっ？

貴史さんの言葉に、二人のやりとりを見守っていた皆が固まる。

「まさか貴史くん！」

真理亜が、顔を真っ赤にした。

「わざと、手を抜いたでしょう⁉　なんで、そんなことするの？　そんなことしたら――。……そんなこと、したら」

真理亜の言葉が急に勢いをなくす。

「そんなことしたら、なんだ？」

それに応じる貴史さんは愉《たの》しそうだ。

耳を触っている。機嫌がいいときにする癖だ。

けれど、真理亜は貴史さんの問いには答えず、私を睨んだ。

「あなたのせいね！　あなたが、貴史くんに……」

私が、いったいなんだと言うのだろう。

「立花は関係ない、俺の判断だ。残念だったな、龍恩志。俺も心底残念だが、俺たちの婚約は解消される」

……え。

どういうこと？　貴史さんと、真理亜の婚約が、解消される……？

「龍恩志は大した親バカだな。愛娘の希望とはいえ、王塚という格下と婚約を結ぶのが気に入らなかったらしい。それで、色々と条件をつけてきた。その条件を呑み、クリアし続けることが、龍恩志が王塚と婚約を続ける条件だ。その一つが、成績優秀であり続けること」

「でも、でも、こんなことしたら、王塚にも泥を塗ることになるんだよ!?　それがわからない貴史くんじゃないでしょう！」

だから真理亜は、安心していたのか。

確かに貴史さんには傍若無人なところがあるけれど、王塚グループのことを大切に思っていた。そんな貴史さんが、龍恩志との約束を反故《ほご》にするようなことをするはずがないと思い込むのも無理はない。

「王塚の顔に泥を塗った俺は、縁切りされるかもな」

「それなのに、なんで⁉」

それほどの覚悟を持って、貴史さんは、真理亜との婚約を解消しようとしたのか。

「お人形遊びに付き合う気はないからだ」

「なんでよ、どうしてよ。前は、友達としてしか……って。だったら、友達になる前に…………になっちゃえば、私を、私だけを見てくれるって思ったのに。…………して、やる。…………して、今度こそ……」

ぶつぶつと呟いていて、所々聞き取れない。けれど、顔を上げた彼女は、胸元を押さえて、今度は周りのみんなが聞き取れるほどの声量で、はっきりと叫んだ。

「――――リセット‼」

第二章

もう一度、ここから

気がつくと、そこは学園――ではなく、見慣れた天井が目の前にあった。

思わず、がばりと体を起こす。

「え……」

私は確かにさっきまで、学園内に、それも自分の教室の前にいたはずなのに。

私の服装も、制服からパジャマになっている。

きょろきょろと辺りを見回すけれど、やはりそこはいつもと何も変わらない、私の自室だった。

いったいどういうこと？

私は、夢でも見ていたのだろうか。でも、どこから？

疑問に思っていると、扉がノックされる。

「お嬢様、そろそろ起きられませんと、学園に遅刻いたしますよ。確か、今日から新年度でしょう」

今日から新年度⁉

カレンダーの日付を確認すると、確かに今日は、真理亜が転入してくる日のようだった。

「今、行くわ……」

山本さんに返事をして、ひとまず、制服に着替える。

身支度を整えてリビングへ行くと、父と母が朝食をとっていた。

「おはよう、立花」

「おはようございます、お父様、お母様」

「今日から二年生だろう。頑張りなさい」

「はい、お父様」

朝食は美味しく、特にオムレツはとろとろだった。

試しに頬をつねってみる。痛い。

何度確認しても、誰に聞いても、今日は四月だった。私の記憶では、七月だったというのに。

どうやら本当に私の世界は、また、真理亜が転入してくる日まで巻き戻った、らしい。信じられないけれど。

けれど、私は今と同じことを、すでに一度経験している。

あり得ないことではなかった。

とにもかくにも、生徒会執行部の役員として、入学式には出席しなければならない。

そうして、遅刻することなく到着した学園で起こることは何もかも、笑えるほど、以前と同じだった。

東井さんが読み上げた、新入生を歓迎する言葉も。新入生代表の挨拶も。

私の婚約者が、貴史さんであることも。

何一つ、変わってはいなかった。

「貴史さん」

入学式が終わって、貴史さんを呼び止める。

「なんだ？」

「いえ、なんでもないわ」

こちらを振り返った貴史さんは、不機嫌そうだった。この状況に、混乱している様子はない。時間が巻き戻る前の記憶を持ち合わせてはいないのだろう。

雅人さんには、聞くまでもなかった。雅人さんの瞳からは、以前あった私を柔らかく包むような熱がなくなっていたから。そのことにひどく落胆して、泣きそうになる。

もう、私と愛を育《はぐく》もうと言ってくれた雅人さんには会えないのだろうか。

ぐっ、と唇を噛みしめる。

なんだか、自分が知らない世界に取り残され、一人ぼっちになってしまった気がした。

翌朝、いつも通りリビングへ行くと、父がにこやかに話しかけてきた。

「今日は貴史くんが立花を迎えに来るそうだ」

「えっ？」

「仲良くやっているようで、安心したよ」

以前もこんなことがあった。でもそれは、私が婚約を解消してもいいと言った、その真意を確かめるためだったはずだ。今回私は、何も言っていない。それなのに、なぜ。

疑問に思いつつも、朝食をとり、身支度を整える。

しばらくすると、本当に王塚の車が門の前に停まっていた。

「お嬢様、王塚様がいらっしゃいましたよ」

「……ええ、今行くわ」

行ってきます、と父と母に挨拶をしてから、王塚の車に乗り込む。

相変わらず貴史さんは何を考えているのだかわからない顔をしていた。

「おはようございます」

「……ああ、おはよう」

「……」

車が出発する。けれど、私たちはしばらく無言だった。

その沈黙に耐えかねた私は、貴史さんに声をかける。

「今日は、どういったご用件だったの？」

「用件？」

「ええ。何か急ぎの用があったのでしょう？」

電話やメールではなく、直接話さなくてはいけないような。私がそう言うと、貴史さんは顔をしかめた。

「別に。たまたま気が向いただけだ」

「……そう」

気が向いただけ。

だったら、貴史さんは私と登下校するという不可解な行動をとっていた、そもそもの理由を思い出したわけではないのか。

もしかしたら、あのときもただ、気が向き続けていただけかもしれないけれど。

そんなことを考えている間に、学園に到着した。

車を降りて貴史さんとは別々に学園へ入ると、学園中がざわめいていた。

おそらく、真理亜が転入してくるせいだろう。そう判断して、昇降口でスリッパに履き替えていると、不意に声をかけられた。

「やぁ、おはよう、立花ちゃん……えっ」

「え？」

雅人さんだった。

昨日はそんなことはないと思ったけれど、雅人さんは、もしかして、記憶があるのだろうか。そう一瞬期待したけれど、雅人さんは自分でも驚いたような顔で口元を押さえている。

「ごめん。間違えた。おはよう、相川。急に下の名前で呼ぶなんて、驚かせちゃったよね、ごめんごめん」

「……おはようございます、西条さん」

そうよね。そんな都合のいいこと、あるはずがない。

わかっていたはずなのに、雅人さんに相川と呼ばれることが辛い。

暗い気持ちのまま、教室に向かう。

教室に着くと、途端に友人たちに取り囲まれた。

「立花さんご存知？　今日から、龍恩志のご息女がこの学園に転入してくるっていう話！」

「……え？」

真理亜は、坂井真理亜という名前で、庶民として転入してくるはずだ。それが、坂井ではなく龍恩志を名乗るなんて。……もしかして。

真理亜にも、時間が巻き戻る前の記憶がある？

再び時間が巻き戻る前、雅人さんが言っていた。真理亜は、雅人さんたちのことを知りすぎていると。

一番最初のとき、真理亜は雅人さんたちとかなり親しかった。

だから、雅人さんたちの秘密を知っていたの？

「龍恩志にご息女がいらっしゃるなんて、聞いたことがなかったわ」

「でも、確かな情報らしいわよ」

友人たちが口々に真理亜のことを話す。そこへ、担任の先生が真理亜と共に教室に入ってきた。

友人たちはちらちらと真理亜を見ながら、それぞれの席に着く。

「はい。皆さん、席に着いてくださいね。……おはようございます。皆さんに新たなご友人を紹介します。では、龍恩志さん」

「龍恩志真理亜です。よろしくお願いします」

真理亜の姿を見た男子生徒たちが、ごくりと息を呑む。

いつかの、龍恩志主催のパーティー以後と同じ。やはり、真理亜に以前あった、素朴な雰囲気は消えていた。

「龍恩志さんは不慣れなことも多いと思いますので、皆さん手助けしてあげてくださいね。では、ホームルームを始めます」

真理亜は、堂々とした様子で空《あ》いている席に座った。

帰りのホームルームが終わった後も、私には生徒会の仕事がある。

真理亜はどうするつもりだろうか。

「待って、相川さん」

ちょうどそんなことを考えていたところで、声をかけられた。教室を出ようとしていた私は、彼女を振り返る。

「私も生徒会執行部に入ろうと思ってるの。だから、案内してくれないかな？」

と、真理亜は微笑んだ。

「わかったわ、龍恩志さん。今から行くところだから、ついてきて」

私の言葉に満足そうに頷くと、真理亜は私の後ろに続いた。

扉を開けると、生徒会室には、もう、みんな集まっていたようだった。

以前のように、東井さんに遅いと文句を言われ、真理亜を紹介する。

真理亜は軽く自己紹介すると、突然、まだ席に座っていなかった貴史さんに抱きついた。

「生徒会の一員として、それから、婚約者として。これからよろしくね。貴史くん」

……え？

生徒会室の空気が固まる。

貴史さんも目を見開いていた。

「俺の記憶が正しければ、王塚の婚約者は、相川のはずなんだけど……」

雅人さんが、みんなが思っていたことをつっこんでくれる。

そう。私たちは、まだ、婚約を解消していない。

していない、はずだ。

「間違いだよ。確かにパパが王塚貴史くんを私の婚約者にするって、言ったもの」

と、真理亜が言ったとき、私と貴史さんの携帯電話が同時に鳴った。

「もしもし」

父からだった。

「すまない、立花。貴史くんとの婚約を解消することになった。本当に、すまない」

父は、何度も電話口で謝っていた。

そういえば、真理亜がいきなり龍恩志として登場するとは思っていなかったから、父にはまだ龍恩志との契約の見直しを進言できていなかった。

大方、龍恩志に圧力をかけられ、断れなかったのだろう。

貴史さんをちらり、と見る。貴史さんも私の方を見て、頷いた。

つまり私たちの婚約は本当に解消された、ということだった。

その後は会議をするどころではなかったので、今日はもう解散しよう、ということになった。

貴史さんは、今から龍恩志との顔合わせがあるらしく、真理亜と共に慌ただしく生徒会室を出ていった。

私の方はといえば、婚約を解消されただけで、特になんの用もない。

後片付けをしてから、生徒会室を出ようと——したところで、腕を掴《つか》まれた。

「？」

まだ何かあった、だろうか。

そう思い振り向くと、複雑そうな顔をした、雅人さんがいた。

「ごめん、何言ってるかわからないだろうし、……俺自身もよくわからないけど。今の相川を、ほっときたくない」

「……西条さん」

「なんでだろ。でも、ほっといちゃ、この手を離しちゃだめだって思う」

困ったように、雅人さんは眉尻を下げた。

雅人さん自身が、自分の感情に困惑しているとでも言うように。

「……きっと、気のせいですよ」

誰も何も覚えていなかった。

私は消えてしまった世界を知っている。けれど、この時間もこの世界もまた、何かのきっかけで巻き戻って、消えてしまうのだろうか。

そして、それをまた私は一人、覚え続けているのだろうか。そう思うと、たまらなく怖かった。

だったら、もう、誰にも関わらない方がいい。

「違う。気のせいなんかじゃない」

けれど、雅人さんはそんな私の考えを見透かしたかのように、私を見た。

今度は、戸惑いのないまっすぐな瞳で。

「ねぇ、相川。本当は何か知ってるんじゃない？　俺が相川のことを、特別に思う理由」

知っている。

でも、それを話したところで、信じてもらえるわけがない。

私だって、私の頭がおかしくなったと言われた方がよほど信じられる。

答えられずに握りしめた手を、雅人さんが柔らかく包んだ。

「ね、俺とデートしない？」


そうして雅人さんに連れてこられたのは、以前一緒に行った複合型アミューズメント施設だった。

「相川、こういうところ来たことないでしょ？」

「いえ、一度だけ」

……あなたが連れてきてくれた。

続く言葉は、呑み込んだ。

「そうなの？」

雅人さんは驚いたように目を見開いた後、微笑みを浮かべる。

「じゃあ、ここのルールは知ってるよね。全力で楽しむこと！　それだけ！」

それから、雅人さんと色んなことをした。カラオケでは雅人さんはやっぱりＪ‐ＰＯＰしか歌わないし、ボーリングはガターを連発。なのに、クレーンゲームは、すごく上手だった。

「はー、楽しかった！」

「私も、楽しかったです」

一人ぼっちの恐怖や、また貴史さんとの婚約が解消になったショックだとかは、今はどこかに消えていた。

純粋に楽しかった。

そろそろお開きだろうか。そう思っていたとき、ふと、雅人さんが真剣な顔をする。

「俺、相川とここに来たことあるよね」

「……えっ？」

雅人さんの言葉に驚く。

まさか、記憶が戻ったのだろうか。

でも、どうして。

ここに来たことが、きっかけとなった？

「やっぱりか」

私の動揺を見てとったらしい雅人さんが、頷く。

「ごめん、カマかけた。ねぇ、相川。俺を信じて。……教えてよ、何があったのか。俺じゃ、力になれないかな」

雅人さんが、優しい人だって知っている。

でも。

ぐるぐると頭の中で思考が回る。

数秒の後、私が出した結論は……

「……聞いて、いただけますか？」

「うん。俺を信じてくれて、ありがとう」

誰かに話を聞かれないように、カラオケルームへ移動する。

お互いに腰を下ろし、これまでの、今の雅人さんにとっては未来の話にも聞こえるような出来事をぽつぽつとこぼした。

元々、真理亜は龍恩志ではなかったこと。貴史さんに近づく真理亜を妬《ねた》み、いじめ、その結果、実家が没落したこと。

そのことを後悔していると、ある日突然、真理亜が転入してくる日に時間が巻き戻ったこと。そのときもやはり、真理亜は龍恩志ではなかったこと。

今度は心を入れ替えて、真理亜をいじめたりせず、真面目になれるように努力しようとしたこと。

その過程で、雅人さんと友人になったこと。

私と貴史さんの婚約が解消され、龍恩志の跡取りとなった真理亜と貴史さんが婚約したこと。

雅人さんと交換日記を始めたこと。

そして——雅人さんと婚約したこと。デートをしたこと。勉強を教えてもらったこと。

真理亜との婚約を快く思っていなかった貴史さんにより、真理亜と貴史さんの婚約が解消されたこと。

そのときに、真理亜が「リセット」と叫び、なぜかまた、真理亜が転入してくる朝に時間が巻き戻ったこと。

「……話してくれてありがとう。そんなことがあったんだね」

そう言って、雅人さんは私の頭に優しく手を置いた。

「時間が巻き戻って、でも、そのことを誰も覚えていないなんて、怖かったよね」

怖かった。どうしようもなく。

「もう、大丈夫だよ」

全然大丈夫じゃない。大丈夫じゃないのに、雅人さんがそう言うと、大丈夫な気がした。

「……っ、ふ」

嗚咽《おえつ》が漏れる。

「よく頑張ったね」

思わず泣いてしまった私を、雅人さんは、優しく撫で続けてくれた。

「……でも、相川は素直だよね」

「えっ？」

私が落ち着いた頃、雅人さんは、ぽつりとこぼした。

「最初に龍恩志をいじめてたことなんて、話さなければバレないのに。素直に話しちゃうんだもんなぁ」

考えてみれば、そうかもしれない。

「でも、もう西条さんに嘘はつきたくないですから」

私がそう言うと、雅人さんは優しく微笑んだ。

「きっと、そういう立花ちゃんの素直なところ、俺は好きになったんだろうな」

「え？」

今、私のこと、相川じゃなくて、立花ちゃん、って。

私が驚いて瞬きをすると、雅人さんはくすくすと笑った。

「やっぱり、俺、立花ちゃんって呼んでたんだね。なんだか口に馴染むもん。ね、立花ちゃんって呼んでもいい？」

「……はい」

頷くと、雅人さんはいたずらっぽい目を向けてくる。

「それで立花ちゃんは、婚約してから、俺のことはなんて呼んでたの？」

「雅人さん、と呼んでました」

「うわー、照れる。でも、胸が温かくなるな」

以前もこれに似たやりとりがあった。思い出して思わず、ふふ、と笑うと、雅人さんも嬉しそうに笑う。

「うん、やっと笑ったね。ねぇ、俺のことも雅人さんって呼んでほしいな」

「いいんですか？」

「俺が、そう呼んでほしいんだ」

「わかりました」

いつかのように二人で照れ笑いしていると、そういえば、と雅人さんが話を切り替えた。

「立花ちゃんの話を聞いて、疑問に思ったんだけどさ」

「はい」

「単純に同じ時間を繰り返してる――わけじゃないんだよね。特に気になるのが、龍恩志が、本当の姓を名乗るタイミングだ」

真理亜が名乗る、タイミング。

そうだ。そういえば、一度目に真理亜が龍恩志の姓を名乗ったのは、相川が没落したとき、つまり、二年生の三月だった。でも、二回目の真理亜が名乗ったのは、二年生の五月。そして、三回目の今、真理亜は、最初から龍恩志の姓でこの学園にやってきた。

「立花ちゃんの言うように、龍恩志にも記憶がある、として」

「はい」

「時間を巻き戻したのは、龍恩志っていう可能性はないかな？」

二度目は不本意だったとはいえ、私は、私が神様に願ったから、時間が巻き戻ったのだと思っていた。

けれど、本当はそうじゃなくて。巻き戻したのは、真理亜だった？

「それならなぜ、最初の巻き戻しが起きたんでしょう？」

「そこなんだよね。二度目の巻き戻しは、龍恩志が王塚との婚約を継続させたかったからだと推測できるけど……。ねぇ、立花ちゃん、二度目の巻き戻しが起きる前、龍恩志は何か言ってなかった？　それが、ヒントになるかもしれない」

真理亜が言っていたこと。

「まずはやっぱり、『リセット』、でしょうか」

「リセットって言ったら時間が巻き戻るだなんて、ゲームみたいだよね」

雅人さんは苦笑いして、ここは現実なんだけどね、と付け加えた。

「その、他には……」

真理亜は何と言っていただろうか。

ぶつぶつと呟いていて、聞き取れない部分も多かった。

聞き取れたのは……

『前は、友達』

『私だけを見てくれる』

私が、聞き取れた言葉を並べると、雅人さんは微笑んだ。

「なるほどね。……今後のことだけれど、とりあえず、立花ちゃん、協力者を集めよう」

「協力者、ですか」

「うん。きっと、俺以外にも違和感を覚えている人がいると思うんだ。時間が巻き戻った原因がなんにせよ、何度も巻き戻るのは嫌だしね。だから、その人たちを探そう」

でも、探すってどうやって？

雅人さんは優しいから、こうして信じてくれたけど。そもそも、時間が二回も巻き戻っていることを信じてもらえるのかさえ、怪しい。

私が首をかしげると、雅人さんは笑った。

「立花ちゃんの話を聞いて、一人心当たりがあるんだ」

今日はもう遅いからと、時間が巻き戻る現象についての対策はまた明日ということになった。

シャワーを浴びて、ベッドに転がる。今日一日だけで、たくさんのことがあった。

真理亜が龍恩志真理亜として転入してきたこと、また私と貴史さんの婚約が解消されたこと、そして――雅人さんが時間の巻き戻りを信じてくれたこと。

だから、きっと大丈夫。

瞼《まぶた》が落ちる。もう、怖いとは思わなかった。


翌朝。陽光で目を覚ます。今日からまた、一日が始まる。

「あら、お嬢様お早いですね」

「ええ。今日は、目が覚めたから」

階段を下りる途中で、私を起こしに来た山本さんと会った。

「顔色もよろしいようで、良かったです」

「ありがとう」

確かに、昨日の私の顔色は悪かったかもしれない。でも、今日は自分でも体調がいいのがわかった。

山本さんの朝食を味わった後、いつもより早く家を出る。雅人さんと学園のテラスで待ち合わせしているのだ。雅人さんは、思い当たる協力者を連れてくるって言っていたけれど……

テラスに行くと、すでに雅人さんがいた。その隣にいるのは――

「……王塚さん？」

貴史さんだった。

まさか、協力者というのは、貴史さんのことなのだろうか。でも、貴史さんが「時間が巻き戻っている」なんて、非現実的なことを信じるとは思えないけれど。

混乱しつつ声をかけると、雅人さんがひらひらと手を振った。

「龍恩志が執着するのは、いつも、王塚だろ？　それに立花ちゃんの話を聞いて、王塚も違和感を覚えているんじゃないかと思って」

雅人さんは貴史さんに視線を向ける。それを受けて、貴史さんが口を開いた。

「話は、西条さんから聞いた。……俺も立花の言葉を、信じる」

「王塚さんは……、貴史さんには、記憶があるの？」

私が尋ねると、貴史さんは首を振った。

「いや、俺にあったのは焦燥感だ。なぜか、お前に会わなければいけない気がした」

もしかして、昨日はそれで迎えに来たのだろうか。

私がそれを尋ねると、貴史さんは頷いた。

だったら、やはり全てを覚えているのは私だけ、なんだ。

沈みそうになった気分を切り替える。それでも、貴史さんも雅人さんも、私の話を荒唐無稽《こうとうむけい》だと切り捨てることなく、信じてくれた。

それだけで、救われる気がした。

「……それでさ。龍恩志が時間を巻き戻してると仮定して、『リセット』させないための方法なんだけど」

雅人さんが話を切り出す。

「対策を考える、その前に。俺たちさ、龍恩志真理亜のことを何も知らないと思わない？　まずは知るべきだと思うんだ。彼女が何を考えていて、なぜ王塚に執着するのか、なぜ時間を巻き戻すことができるのか」

雅人さんの言葉にはっとする。

確かに、一度目、私はとにかく真理亜をいじめた。二度目の私は、実家の没落を避けることばかり考えていて、真理亜に積極的に関わろうとなんてしなかったし、真理亜のことを知ろうなんて考えてもみなかった。

「俺と立花ちゃんは、龍恩志の経歴とかそういう、外からでもわかることを調べよう。それで王塚には、龍恩志の内面を探ってほしいんだ」

雅人さんの言葉に頷く。私や雅人さんが真理亜の内面を探ろうとすると怪しまれるかもしれないけれど、真理亜が執着する対象である貴史さんだったら、何か情報をこぼすかもしれない。

「わかりました」

貴史さんも頷いたので、今朝はそこで解散となった。

「……あら？」

貴史さんのズボンのポケットから、赤い花のストラップが覗いている。携帯電話につけていたもののはずだ。そろそろ擦り切れそうで、頼りなく揺れていた。

「ねぇ、貴史さん」

「なんだ？」

テラスを出ようとしていた貴史さんが振り返る。

「そのストラップ、そろそろ替えた方がよろしいんじゃない？」

「……ああ。これは、河北にもらったやつだから」

「そういえば、そうだったわね」

「ああ」

河北さんと貴史さんって、意外な組み合わせだと思われがちだけれど、仲がいいのよね。昔は、周りから顔も似ているって言われていたのだっけ。私はそうは思わなかったけれど。

そんなことを思い出しながら、教室に向かった。


全ての授業を終えて、生徒会室を目指していると、廊下で河北さんと出会った。

生徒会室に行く道すがら、なんとなく、今朝考えていたことをぶつけてみる。

「河北さんって、貴史さんと仲がいいわよね」

「……まあな。同じクラスだし、よく話す」

そうだった。でも、二人ともそんなにおしゃべりじゃないから、あんまり盛り上がっている感じはしないのよね。

「そういえば、貴史さんがずっとつけているあの赤い花のストラップ、素敵だと思っていたの。河北さんからのプレゼントだと言っていたけれど、どちらで買われたの？」

花のストラップだけれど、男性がつけていてもおかしくない、品の良いデザインだった。他に取り扱っている商品もさぞ素敵に違いない。

私がそう言うと、河北さんは急に小声になった。

「…………ない」

「え？」

聞き取れずに聞き返すと、河北さんは照れたように横を向いて早口で言った。

「あれは俺が作ったものだから、どこにも売ってない」

「！　そうだったの。すごいわ、河北さん」

河北さんは、手先が器用なのね。裁縫など、手先を使う作業が苦手な私には羨《うらや》ましい話だ。

「そんなに、すごくない。……小学生でも作れるくらい簡単だ」

聞けば、河北さんは小学生の頃からああいった作品を作っていたらしい。その後も他愛ない話をしていると、急に河北さんが改まった顔をした。

「なぁ」

「どうされたの？」

「相川は龍恩志真理亜を……、いや、なんでもない」

河北さんが言いかけたのは、真理亜をどう思うか、という質問だろうか。そういえば、以前もそんな質問をされたことがあった。あのときの私の答えはお気に召さなかったようだけれど、反対に、河北さんにとっての真理亜は、どう映っているんだろう。

そんなことを考えているうちに生徒会室に着いた。私たちが最後だったようで、席に着くとすぐに、生徒総会に向けての会議が始まった。


生徒総会の議案がまとまり、帰りの準備をしていたとき、真理亜がいつものように貴史さんに抱きついた。

「ねぇ、ねぇ、貴史くん。今日も一緒に帰ろう。私たち、婚約者なんだし」

「……ちょうど、俺も龍恩志と帰りたいと思っていた」

真理亜の内面を探るためだろうけれども、貴史さんはあまりそういうことを言うようなタイプではないから、いきなり積極的に攻めて怪しまれないだろうか。そう思ってひやひやしていたけれど、真理亜は怪しむ様子もなく、無邪気に笑った。

「嬉しい！　じゃあ、一緒に帰ろう」

「……ああ。皆さんお疲れ様でした」

そうして、二人が生徒会室から出ていく。

「立花ちゃん、俺たちも帰ろう」

「はい、雅人さん」

真理亜がここへ来るまでの経歴について、雅人さんと放課後に調べることになっていた。私が雅人さんの後に続こうとすると、東井さんが私たちの間に割り込んでくる。

「ちょ、ちょっと待ってください。二人は昨日までそんなに親しくなかったでしょう。いきなり下の名前で呼ぶなんて、破廉恥《はれんち》ですよ！」

確か東井さんも以前、真理亜と会った翌日には下の名前で呼び合っていたと思うのだけれども。でも、東井さんはそんなこと知らないものね。

東井さんに巻き戻しのことを説明したところで、信じてもらえるとは思えない。

「昨日、一緒に出かけてたじゃない。それで、仲良くなったんじゃないの」

「そーなんだよ。俺たちすっかり意気投合しちゃってさ」

どうしようかと考えていたところで、光輝さんが助け船を出してくれた。

雅人さんもそれに乗っかり、うんうん頷く。私も一緒に頷いておいた。

「そう、ですか……。で、でも！　簡単に雅人の親友の座を奪えるとは思わないことですね！」

そう言って東井さんは、ふん、と横を向いた。

「じゃあ、お先に失礼しますね」

まだ筆箱を鞄に片付けている河北さんや、光輝さんにそう挨拶してから、私たちは生徒会室を出た。

王子様

翌朝。三人でテラスに集まり、昨日の成果を報告し合う。

私たちが調べてわかったのは、二度目のときのお披露目パーティーで紹介していた通り、真理亜は幼い頃実際に入退院を繰り返していて、田舎の学校にはあまり通えなかったこと、くらいだった。

「……と、いったところかな。王塚の方は？」

「まずは、俺に執着する理由から攻めていこうと思ったんですが……」

「おっ、いいじゃない。それで、なんて言われたの？」

雅人さんが尋ねると、貴史さんは急に口ごもった。

「…………って、言ったんです」

「貴史さん、聞こえなかったからもう一度お願い」

よほど、恥ずかしいことでも言われたのだろうか。首をかしげつつ聞き返すと、貴史さんは俯《うつむ》きがちに首をかいた。

「っ、だからっ！　俺は、龍恩志の王子様だから……って言われたんだ」

そう言う貴史さんの顔は真っ赤だった。私と雅人さんは顔を見合わせる。

「お、王子……様？　っぷ」

私はなんとかこらえたけれど、雅人さんはこらえきれなかったらしく、大声で笑いだす。

「王塚が、王子って……！　柄じゃないにもほどがあるでしょ！」

「俺だって、そのくらいわかってますよ！」

私も貴史さんに恋をしていたけれど、貴史さんを王子様だと思ったことは一度もない。

貴史さんが白馬に乗った姿を想像してみるけれど……あまり様にならなかった。どちらかと言えば、貴史さんには黒い馬の方が似合う気がする。

ひとしきり笑った後、雅人さんはふと真剣な顔をした。

「それで。王子様って呼ばれるからには、理由があるんだよ、きっと。それは、聞けた？」

「それが……、思い出して、と言われて」

「思い出して？」

まさか、時間が巻き戻るときの話、だろうか。

その疑問を感じとったのか、私の顔を見た貴史さんは首を振った。

「いや、そうじゃない。おそらく、もっと前に……、何かあった、らしい。俺には全く覚えがないが」

貴史さんと真理亜が、幼い頃に運命的な出会いを果たしていたと言うのか。けれど、幼い頃の真理亜は病弱で、田舎で療養していたのは本当のようだった。王塚の別荘がある地域とも異なるし、接点ができるとは思えないのだけれど。

「もしかしたら、王塚にとっては覚えてないような、些細な出来事だったのかもしれない。けれど、龍恩志にとってはとても大きな出来事だったのかも。それこそ、人生を変えるような」

雅人さんの言葉に頷く。何度も何度もやり直してまで、真理亜は貴史さんを手に入れたがっている。接点がどうできたかはわからないけれど、真理亜が貴史さんを好きになったきっかけがあったことは確かだった。

貴史さんはなんとか思い出そうと頭をひねっていたけれど、やがて諦めたように首を振る。

「……ダメだ。さっぱり、わからない」

「それから、他には何かわかった？」

「それが、その」

雅人さんの問いに、貴史さんはまた、言いづらそうに口ごもった。

「どうしたの？」

「色々聞こうとしたら、デリカシーがない聞き方をする俺には教えたくないと。もっと、優しく聞いてくれと言われた」

……確かに。貴史さんは不器用なところがあるものね。会話の中でスムーズに聞き出すのではなく、直球で質問したのだろう。

「仕方ない。可愛い後輩に、俺のとっておきの会話術を教えよう！　まずは、初級編だけど――」

雅人さんの講義が始まった。その講義に耳を傾けているうちに、予鈴が鳴る。今朝はそのまま解散となった。


放課後、生徒会の会議が終わり、今は片付け中だ。作戦では、今日も貴史さんは真理亜と一緒に帰り、真理亜のことを探る手はずになっている。

「龍恩志」

「なに、貴史くん？」

「今日も一緒に帰らないか？　お前の好きそうな、スイーツ店を見つけた」

ちらりと雅人さんを見ると、雅人さんはうんうん、と頷いている。好物の前では気が緩みやすくなる。これは、今朝の講義で教わったことだった。

「嬉しい！」

顔を輝かせた真理亜が、貴史さんに抱きつく。そうして、二人は生徒会室を後にした。

雅人さんと私は、次の土曜日に、幼い真理亜の過ごした場所に実際に行ってみようということになっていた。

つまり、今日は暇だ。さて、私も帰ろう。

「では、皆さんお先に失礼しますね」

……と、帰ろうとしたところで、横から腕を掴《つか》まれた。

「ねぇ、立花。久しぶりに、一緒に帰らない？」

私たちの関係

「光輝さん？」

中等部の頃は、光輝さんとも何度か一緒に帰っていたけれど、そういえば高等部に上がってからは、その機会も減っていた。

「それとも、立花には用事があるかな」

「いいえ」

首を振ると、光輝さんは安心したように笑う。

「じゃあ、一緒に帰ろう」

私の家に連絡を入れて、光輝さんの車で帰ることになった。

「――それで、あのとき立花がさ、お婆様から庇ってくれたよね。いたずらをしたのは僕だったのに、代わりに怒られちゃってさ」

光輝さんと私は車内で昔話に花を咲かせていた。

「そんなこともありましたね」

光輝さんは従兄《いとこ》だから小さい頃はよく遊んでいたし、思い出もたくさんある。けれど、今日誘われたのは、その思い出を語るためなのだろうか。疑問に思いつつも相槌《あいづち》を打っていると、光輝さんはふと私の目を覗き込んだ。

「けど、立花はさ、王塚と婚約したときからずっと、王塚を見てたよね」

「？　ええ、そうですね」

貴史さんが大好きなのだという、私の想いを一番近くで聞いてくれていたのは、光輝さんだ。

「でもそんな立花を僕もずっと、見てたよ。だから聞くけど、立花は今も王塚のこと、好き？」

貴史さんのことを？　どうだろう。貴史さんにはもう何度も失恋している。

答えられずに私が考え込むと、光輝さんは笑った。

「即答、しないんだね。今までの立花だったら即座に、好きです！　って答えてたよ」

そうかもしれない。あの頃の私には、迷いがなかった。良く言えば純粋で、悪く言えば、視野が狭い。

「おじ様は、もう、立花に政略結婚をさせる気はないと言っていたよ」

父は今回、私と貴史さんの婚約が解消されたことを心底気に病んでいた。それで、私はもう、自由にしていいと言われたのだ。でも、どうして光輝さんがそのことを？

私が首をかしげると、光輝さんは私との距離を詰めた。

「だったらさ、僕にもチャンスがあるのかな」

「チャンス?」

なんのことだろう。

「……立花はさ、本当に、僕のことを意識してないよね」

そう言って、光輝さんは悲しげに笑う。

「でも、僕はずっと、今も、立花のことが好きだよ。今さら立花に気づいた西条になんて、渡したくない」

——光輝さんが、私を、好き?　しかもずっと、って。

いきなりのことに、光輝さんの言葉が頭の中でぐるぐる回る。

「急にこんなこと言って、混乱させてるのもわかってる。でも、この言葉は取り消さない。僕は、立花が好きだよ。だから、これから立花の気持ちを僕に向かせてみせる」

そう光輝さんが言ったとき、ちょうど車が家に着いた。

「誰かに言われたからじゃない。これが、僕自身の意思だ。……おやすみ、立花。良い夢を」

夕食をとって、シャワーを浴び、ベッドに寝転がる。

「……眠れるわけ、ないわ」

光輝さんの寂しげな笑みが、頭に焼きついて離れない。

ずっと、貴史さんのことが好きで。それを一番わかってくれていたのは、光輝さんだと思っていた。

二度目の巻き戻しの前のことを思い出す。屋上で光輝さんと話したとき、光輝さんも、片想いは辛いと言っていた。その相手がまさか、私、なんて。

今までの私はずっと、無意識のうちに光輝さんのことを傷つけていたのかもしれない。そう思うと、その夜はなかなか寝つけなかった。

……けど。

眠れなくても、朝は来る。寝不足なのを自覚しながら、制服に袖を通した。鏡を見ると、目の下にクマができていたので、コンシーラーで隠す。

登校したその足でテラスに行くと、もうすでに貴史さんと雅人さんは来ていた。

「おはよう、立花ちゃん！　……もしかして、寝不足？」

クマは隠したはずなのに、気づかれるなんて。雅人さんの観察眼は相変わらず鋭い。

「はい。昨夜、なかなか寝つけなくて……」

「それは大変だ。良かったら、後でよく眠れるアロマを教えてあげるよ」

「ありがとうございます」

雅人さんはアロマオイルにも詳しいのか。意外な一面に驚いていると、貴史さんが咳払いをした。

「それで、昨日わかったことですが……」

私も気分を切り替えて、貴史さんの言葉に耳を傾ける。

「………だ」

「え？」

「だから、龍恩志は、チョコレートケーキよりもショートケーキ派で、紅茶はストレートしか飲まないらしい」

「うんうん、それで？」

雅人さんが続きを促す。

「……以上です」

「ええっ、それだけ⁉　せっかく、好物のスイーツ店に行ったんでしょ。もっと、内面がわかりそうなこと……、例えば、印象的な思い出とか、過去のお友達とかさぁ」

私も雅人さんの言葉に頷く。

今の情報は、はっきり言って激しくどうでもいい——は、言いすぎかもしれないけれど、わりとどうでも良かった。

「俺も友人について聞いてみたんですが、友人のことになると、途端に口ごもって。何かあったんだと思います」

「ふぅん。友達か。もしかしたら、それが鍵かもしれないね」

「その辺りは、私たちが調べましょう」

ちょうど、明日は真理亜の過ごしていた場所に行くのだし。

「うん、そうだね」


真理亜が今まで過ごしてきた場所は、とてもいいところだった。

「うーん、のどかだねぇ」

「はい」

大きく伸びをした雅人さんに頷く。空気が澄んでいて、トンビが気持ち良さそうに空を旋回していた。

「立花ちゃん、もしかして、緊張してる?」

「……少しだけ」

貴史さんは真理亜から情報を得ようと日々頑張ってくれているのに、私の方はまだなんの成果もあげられていない。今日こそ有益な情報が得られるのだろうか……

「大丈夫だよ、きっと良い情報が見つかるよ」

そう言って、雅人さんは柔らかく微笑んだ。どうしてこの人の言う「大丈夫」は、なんの根拠もないのに本当に大丈夫な気がしてくるんだろう。

「雅人さんって、魔法使いだったりします?」

「そうそう、実は我が家は由緒正しき――って、違う違う。残念だけど、俺は魔法なんて使えないよ。でもさ、龍恩志がリセットなんていう不思議な力を使えるんだったら、魔法があってもいいよね。王子様のキスで呪いが解けるとか」

呪い、か。巻き戻しの力は、とても強いけれど、強すぎる力はときに呪いにもなる。真理亜の力は、祝福なのか、呪いなのか。

そんなことを、ふと、考えた。

「よし。それじゃあ、まずは、龍恩志が入院していた病院に行ってみよう」

真理亜が入退院を繰り返していたという病院は、それなりに大きく立派な外観だった。雅人さんによると、国の要人が入院することもある、由緒正しき病院らしい。

窓から見える病院の中庭の花壇には、綺麗な花が揺れていた。確かに、この場所は、療養するにはぴったりだろう。

「誰か詳しい話を聞ける人、いないかな」

「あっ、誰かいますよ！　行ってみませんか？」

「うん、行ってみよう」

中庭でシーツを干しているお婆さんに声をかけようと、廊下から中庭へ出る。こちらから話しかける前に、お婆さんが私たちの方へ顔を向けた。

「どなたかのお見舞いですか？」

「実は、春から転校してきた子が、なかなか学校に馴染めないようで……。助けてあげたいんです。何かヒントになることがないか、昔の彼女のことを知っている人に話が聞けないかな、と思って来ました。この子のこと、知りませんか？」

言いながら、雅人さんがお婆さんに真理亜の写真を見せる。

「あら、真理亜ちゃんじゃないの⁉ ……今は、元気に学校へ通っているの？ ……良かったわ」

お婆さんは、お手伝いさんとして、この病院に勤めて長いらしい。当時の真理亜には、病院内にとても仲の良いお友達がいて、よくこの中庭で遊んでいたと言う。

「……そのお友達は今どこに？」

「その子は――」

私が尋ねると、お婆さんは急に口ごもった。

その後、真理亜が一年間在籍した高校なども訪ねたけれど、あまり有益な情報は得られなかった。真理亜は、高校に上がる頃には病弱な体質も改善したみたいだけれど、ここには友人らしい友人はいなかったようだった。

「雅人さん、そろそろ……」

もう得られる情報はなさそうだし、帰りましょう。そう言いかけた私の手をとり、雅人さんはいたずらっぽく笑った。

「ね、せっかくだから良いところに行かない？」

そうして、雅人さんに連れてこられたのは、海だった。春の海は穏やかで、夕焼けを柔らかく反射している。

「気持ちいい」

「ええ、本当に」

でも、どうして、海に連れてきてくれたんだろう。

「俺さぁ、海、苦手だったんだよね」

「え？」

「だって、潮風ってベトベトするし、海水はしょっぱいし」

その言い方があまりにも子供っぽかったから、思わず笑ってしまった。

「でも、今は好きだよ。ベトベトも、しょっぱいのも変わらないけれど、海はそれだけじゃないって、わかったから。……ねぇ、立花ちゃん」

「はい」

雅人さんが、私を見る。

「今ここにいる『俺』はまだ、立花ちゃんのこと全然知らないよ。立花ちゃんのことが好きだっていう気持ちは残ってるけどさ。だからこれから、龍恩志のことだけじゃなくて、立花ちゃん自身のこと、もっと俺に教えてもらえないかな？」

「はい。私もあなたのことが、知りたいです」

私がそう言うと、雅人さんは笑った。

「それ、今の俺にも言ってくれるんだね」

「え？」

「ううん、こっちの話。と、いうことでね」

雅人さんは鞄から一冊のノートを取り出した。

「じゃじゃーん、交換日記、しない？　ほら、鍵つきなんだよ！　前とはちょっと違うでしょ！」

「前のも鍵つきでしたよ。しかも、日記の柄も一緒です」

「ホントに!?　さすが、俺。気が合うなあ」

私が笑うと、「同じことばかりで芸がないとか思わないでね」と雅人さんは焦った声を出した。

「思いませんよ」

「ならいいけど」

顔を見合わせて、二人で笑う。

そうして、私たちはまた、交換日記を始めることになったのだった。

聞こえなかった、言葉

今日は、パーティーに出席しなければならない。鏡に映った自分の姿を確認する。うん。おかしいところはないわ。今日もそれなりに大きい規模のパーティーだから、気を抜くことはできない。

「よし」

もう一度だけ鏡を確認してから自室を出た。


「立花」

両親と共に一通りの挨拶回りを終え、ドリンクでも飲もうかと思っていると、声をかけられた。その声に振り向くと、光輝さんだ。光輝さんとは、三日前のあの件以来、上手く話せていなかった。なんて声をかけたらいいか、わからなかったからだ。

「その赤いドレス、似合ってるよ」

「ありがとうございます。光輝さんもそのスーツ、素敵ですね」

そう返した私は、上手く笑えていただろうか。動揺をちゃんと隠せていたかしら。光輝さんのことを意識してしまって、若干目が合わせられないのは、大目に見てほしい。

けれど、それを見逃す光輝さんではなかった。

「立花、もしかして、僕を意識してくれてるの」

「！　それ、は」

好きだ、と言われて意識しない方がおかしいと思うけれど。

それでも、図星を指されて、うろうろと目が泳いでしまう。

「やっぱり、まだ僕にも付け入る隙があると思っていいのかな」

そう言って光輝さんは、熱っぽい瞳で距離を詰めてきた。

「ねぇ、立花――」

なんだかこの瞳で見つめられるのは危険な気がして、慌てて数歩下がる。けれど、後ろに人がいたようで、ぶつかってしまった。

「っ、すみません」

「いえ、こちらこそ――、相川さん？」

聞き覚えのある声に振り向くと、東井さんだった。以前は、このパーティーに東井さんは参加していなかったはずだ。それなのに、なぜ？

その疑問が顔に出ていたのか東井さんは不機嫌そうに口を開いた。

「僕もたまには、パーティーに参加することもありますよ。それを言うなら、河北くんも来ているようですしね」

パーティー嫌いな河北さんや東井さんがいるなんて。前と全く同じようで、実際は少しずつ、変わっているのかもしれない。

「なんです、南。その不満そうな顔は」

「……別に」

光輝さんの瞳からは、さっきの熱っぽい色が消えていた。東井さんの登場で興が削がれたのだろう。そのことに、ほっとしつつ、そのまま東井さん――は終始不機嫌そうだったけれど――と光輝さんとの会話を楽しんだ。

◇◇◇

生徒総会も無事終わり、五月の半ば。

真理亜に関する調査は、正直言って手詰まり感を覚えていた。

「……はぁ」

それに、二週間以上先ではあるけれど、もうすぐ中間テストがある。図書室の自習スペースでため息をついていると、意外な人物に声をかけられた。

「どうした、ため息なんてついて」

「たか……王塚さん」

思わず貴史さんと呼びそうになったのを、慌てて言い直す。

「もうすぐ、中間テストでしょう。それが憂鬱《ゆううつ》で」

前の世界で、一度ならず十位以内に入れたとはいえ、私の頭はそれほど優秀じゃない。キープするためには、気を抜いてはいられなかった。

「……勉強なら俺が教えてやる」

そう言って、貴史さんは私の隣に座った。

「でも、王塚さんは、龍恩志さんの婚約者で……」

「そんなもの、バレなければいいだろう。バレても、同級生に勉強を教えるぐらい普通だ。それに、俺が教えなければ、西条さんを頼るつもりだろう」

その通りだった。雅人さんは、教え方も上手で丁寧だ。ここで雅人さんの名前を出すとは、張り合っているのだろうか。

でも、張り合う理由がわからない。混乱しているうちに、貴史さんが教科書を広げ始める。

「それで、どこがわからないんだ？」

「ええっと、ここの――」

結局、貴史さんに促されるまま、勉強を教えてもらうことになった。

「……前は」

「？」

ある程度勉強を教えてもらい、そろそろ解散かな、という頃。

勉強道具を片付けていると、貴史さんが切り出した。

「前は、勉強に対してやる気がなかっただろ。これも、巻き戻りの影響か？」

「ええ。せっかくやり直せるなら、真面目になることにしたの」

「……そうか。ああ、そういえば、最近龍恩志は、宝飾品に興味があるらしい」

「そうなの」

貴史さんは、毎日必ず一つは真理亜から情報を仕入れてくれる。

けれど、私の方は、真理亜が親しかった友人を亡くしたことくらいしか、わからなかった。

「なあ、立花」

「王塚さん、あまり人目のあるところでその呼び方は――」

「俺のことは、どうでも良くなったのか？」

「……えっ」

以前もあったようなそのやりとりに、どきりとする。

「西条さんの方が、良くなった？」

答えられない私にさらに追い討ちをかけるように、貴史さんは、私に尋ねてくる。

「それでも、俺は――」

続く言葉はなんなのか。

息を呑む私に対し、けれど、貴史さんはそこで言葉を切り、席を立った。

「…………だ。いや、悪い、忘れてくれ」

低く呟かれた言葉は、聞き取ることができなかった。

アクセサリー

中間テストが一週間後に迫ったお昼休み。

「あら？」

友人たちと話していると、ふと、ある一人の指に目が留まった。

「小百合《さゆり》さん、そんな指輪つけてたかしら？」

凰空学園では、華美なものでなければ、アクセサリー類をつけてもいいことになっている。

真理亜も、一度目のときから変わらず翡翠《ひすい》のブローチを胸元につけているし、私も髪にバレッタをつけている。

けれど小百合さんは昨日まで、そのような指輪はつけていなかったはずだ。私が首をかしげると、彼女は嬉しそうに頬を染めた。

「ええ、今朝からつけてみたの。どうかしら？」

「シンプルだけれど、洗練されていてとても素敵ね」

私が頷くと、みんなも一斉に口を開く。

「私も欲しいわ」

「センスがいいのね。今までに見なかった形だわ」

「どこで買われたの？」

そのどこで、という問いに、小百合さんはなぜか表情を曇らせた。

「それは……」

「どうしたの？　……ああ、誰かからもらったのね」

……なるほど、だったら買った場所がわからなくても仕方ない。けれど、小百合さんは軽く首を振ると、複雑そうな顔で私を見た。

「いえ、私が買ったの。でも……」

「大丈夫よ、言ってみて」

私が微笑むと、小百合さんはようやくほっとしたように肩の力を抜いた。

何か……私に関係のある場所なのだろうか？

「その、龍恩志さんから勧められたお店で買ったの」

……なるほど。貴史さんの婚約者となった真理亜から勧められたとは、言いづらかったのだろう。

そういえば貴史さんが、真理亜は最近宝飾品に興味があるようだと言っていた。

友人たちも、なるほどと頷いた。

「さすが、天下の龍恩志ね」

「私もおすすめを聞いてみようかしら」

◇　◇　◇

それから数日もすると、学園では、真理亜が勧めたブランドのアクセサリーが大流行していた。女子生徒なら誰でも——は、言いすぎかもしれないけれど、そのほとんどがアクセサリーを身につけていた。

真理亜も年頃だから、そういったものに興味があるのも不思議ではない。

真理亜おすすめのそのブランドは、近頃急成長しているらしい。父に聞くと、最近龍恩志が筆頭株主になったばかりだそうだ。

真理亜は実家が株主になったから勧めたのか。それとも、みんなの様子を見て、株主になることを進言したのかしら。……まぁ、私には関係のないことね。

中間テストに向けて、勉強をしっかりしなければ。

勝負

中間テストの結果が貼り出された。私は何位だろう。

いつも通り、一位は河北さんだ。二位は貴史さん。

今回は龍恩志から婚約維持の条件は出ていないそうなので、貴史さんもわざと手を抜くような真似はしなかったみたい。

三位は、まり……いえ、別の人ね。いつもだったら、真理亜なのになぜだろう。そう思いながら視線を下げていくと、真理亜は五位だった。

まあ、でも、調子が悪いこともあるかもしれない。調子が悪いと言っても五位、いえ十位以内に入れれば、十分すぎるくらいだと思うけれど。

そして、私は――

「すごいわ、立花さん。九位なんて！」

「最近図書室に通っていらしたものね」

友人たちが口々に誉めてくれる。少し気恥ずかしいけれど、嬉しい。

「な、立花ちゃん、頑張ってるだろ？」

その声に振り向くと、雅人さんだった。雅人さんの横には、東井さんもいる。

「立花ちゃん、交換日記でも中間テストのこと書いてたでしょ？　だから、気になって来ちゃった」

「すごいよ、よく頑張ったね」と誉めてくれる雅人さんとは対照的に、東井さんは難しい顔をしている。

……そういえば、以前、東井さんにカンニングを疑われたことがあった。もしかして、今回もまた疑われてしまうのだろうか。

「……あなたの努力は、認めましょう。でも、これだけのことで、生徒会の一員として認められたとは思わないことですね！」

そう言って顔を背けると、東井さんは足早に去っていってしまった。

「え――」

今、東井さんが、努力を認めるって、言った？

信じられなくて、自分にとって都合のいい聞き間違いではないかと心配になる。

けれど。

「實も、すごいってさ。あいつ、素直じゃないから。良かったね、立花ちゃん」

雅人さんがそう言ってくれたから、やっと実感がわいてきた。

「……はい！」

生徒会の一員なのだから、十位以内に入ることは当然どころか、必須で。だから、私はまだ、スタートラインに立てただけに過ぎないことはわかっている。もちろん、これからも勉強は続けないといけないし、生徒会の仕事でも役に立てるように頑張らないといけないけれど。

それでも、東井さんに努力を認めると言われたのは、嬉しかった。

——全く同じようでいて、少しずつ、私の周囲は変わっていく。私自身もその変化についていけるように、頑張ろう。

◇◇◇

中間テストが終わると、次は体育祭の準備で生徒会は忙しくなる。私たちは無事、競技を決める会議を終え、片付けをしていた。

「ねぇ、立花。今日は僕と一緒に帰らない？」

ふと、光輝さんに声をかけられて、私は片付けの手を止めて顔を上げた。

光輝さんと、一緒に？　光輝さんは、告白される前は気の置けない仲だと思っていたけれど、今はその、なんというか、どういう態度をとったらいいのか測りかねていた。

「おじ様に用事があるんだ」

「……お父様に？　わかりました」

車内での光輝さんはまるで以前と同じような態度で、あまり緊張することもなく、楽しい時間を過ごせた。

私の家に着いて山本さんに声をかけると、父は今日、たまたま休みだった。光輝さんと二人で書斎にこもり、何か話をしているらしい。その間、私は、今回もまた家庭教師を雇ってもらっているので、自室で授業を受けた。

授業を終え、夕食をとろうとリビングに行くと、父は上機嫌そうな顔をしていた。どうやら、光輝さんはもう帰ったようだ。

「立花、心配する必要はなかったようだね」

「？　なんのことでしょうか？」

「光輝くんのことだよ。彼なら私も安心だ」

安心って？　いったいなんの話をしているのだろう。

「立花には、自由に恋愛していいと言ってあっただろう。もう家柄なんて考えず、立花自身が、いいと思った人を選びなさい」

つまり、私には光輝さんがいるから、恋愛や将来的な意味で安心だということ？　確かに光輝さんは、私を好きだと言ってくれたし、気心も知れている。

でも。私は光輝さんをそういう対象として見たことはないし、それに……

……それに？　それに、何だろう。まだ、貴史さんのことが好きだから？　それとも私は、私が好きなのは――

「まぁ、時間はたっぷりあるんだ。ゆっくりと自分の心に向き合いなさい」

私の混乱が見てとれたのか、父は優しく諭すようにそう言った。

「……はい」

翌朝。今日も、テラスで貴史さんの真理亜情報――真理亜は、猫派らしい――を聞いて、ひとまず解散となったとき。雅人さんに呼び止められた。貴史さんは、用は済んだとばかりに教室に向かっている。

どうしたんだろう？　そう思っていると、雅人さんは握りしめた両手を私に見せた。

「クイズ！　右と左、どちらかに飴《あめ》が入ってます。どっちだと思う？」

どっちだろう。右の方が、心なしか強く握っているように見える。

「じゃあ、右で」

「正解は――」

雅人さんが、右手を開く。右手には、イチゴの飴《あめ》があった。

「右でした！　大正解だよ、立花ちゃん。これ、賞品の飴《あめ》ね」

ありがたくその飴《あめ》を受け取る。

「それからね」

雅人さんは、ポケットから何かを取り出した。

「正解した立花ちゃんに、もうひとつプレゼント。じゃじゃーん、遊園地のペアチケットです！ね、立花ちゃん、これで俺とデートしない？」

雅人さんと、遊園地に？　それはとても楽しいだろう。

私は返事をしようとしたけれど、それは、別の声に遮られた。

「――その必要はないよ、西条。立花には僕がいるからね」

私のすぐ隣に立ったその人は、光輝さんだ。

「それって、従兄《いとこ》だから？」

「僕が立花のことを好きだから」

光輝さんの言葉に、雅人さんが面白そうに片眉を上げる。

「へぇ。でも、俺も立花ちゃんを好きだから、南にとやかく言われたくないな」

二人の間に緊張感が漂う。私はなんだか、胃が痛くなってきた。

二人はしばらくばちばちと言い合っていたけれど、間に挟まれた私は、授業のことや、生徒会の仕事、先ほどの話題に上った猫のことに意識を飛ばし、現実逃避をし始めていた。

「…………で、いいよね？　立花ちゃん」

「えっ？　ええ、はい」

全く聞いてなかった。どんな話にまとまったんだろう。

「土曜日が俺で、日曜日が南。どっちが立花ちゃんを楽しませることができるか、勝負だ！」

——勝負⁉

遊園地

あっという間に約束の土曜日になってしまった。雅人さんが車で家まで迎えに来てくれている。

「おはよう、立花ちゃん」

「おはようございます、雅人さん」

挨拶をしてから、車に乗り込んだ。

「私服の立花ちゃん、新鮮だなぁ」

「確かに、私服で会う機会はあまりないですものね」

雅人さんは、動きやすそうな、でも、品の良い服装だ。

雅人さんのことを知れば知るほど、軽薄という言葉とはかけ離れていく気がする。本当に、どうして雅人さんは軽薄そうに見せたがるのだろう。

そう疑問に思いながらも、遊園地に着くまでの間、他愛ない話をして過ごした。

休日の遊園地は人混みでごった返していた。

「わー、さすが休日なだけあって、すごい人だね」

雅人さんの言葉に頷く。人混みに圧倒されながら入園すると、園内には軽快な音楽が流れていた。

なんだか、すごくわくわくする。その気持ちが顔に出ていたのか、雅人さんがくすくすと笑った。

「じゃあ、行こうか」

「はい！」

「まずは、どこか行きたい場所ある？」

「そうですね……」

地図を広げながら、二人であれもいい、ここにも行きたいと話し合う。

「まぁ、時間はたっぷりあるんだし、ゆっくり回っていけばいいよね。あっ、そういえば」

「？」

雅人さんが、とあるショップを指差した。

「あれ、しない？」

手を引かれてショップへ入り、雅人さんの目当てのものの前に立つ。

「……なんというか、これは、気分が高揚しますね」

「あっ、そうでしょ！　良かったぁ」

雅人さんが手にしているのは、この遊園地のキャラクターを模したカチューシャだった。遊園地を出たらもうつけないかもしれないけれど、それでも、いい思い出になるだろう。

私はこういった類いのものをつけたことがないので、浮かれすぎと思われないかドキドキする。

でも、辺りを見回すとつけている人も結構いるので、安心した。

二人で話しながら、アトラクションに並ぶ。

「貸し切りもいいけどさ、俺はこうやってアトラクションを待つ時間もわくわくして好きなんだ。……なんて、ごめんね。立花ちゃん退屈じゃない？」

「いいえ、私も同じです」

それに、雅人さんは話がとても面白いから、待つ時間はちっとも苦じゃない。

「良かった」

私がそう言うと、雅人さんは安心したように笑った。


一通りアトラクションを回った後、そろそろお腹が空いてきたので、適当なお店に入る。

「ここのハンバーガー美味しいんだよね。あっでも、立花ちゃんはジャンクフードとか食べたことないでしょ？　大丈夫？」

「食べてみたいです」

私が頷くと、雅人さんは笑った。

「じゃあ、食べよう」

そうして選んだ初めてのハンバーガーは、とても美味しかった。体にはあまり良くなさそうだけれど、その背徳感が余計に美味しく感じさせるのかもしれない。

昼食の後は、わりとゆったりしたアトラクションを巡った。

「うーん、次はそうだな、定番だけれどお化け屋敷なんてどう？　立花ちゃん、お化け苦手？」

「いえ、私はその手のものは信じてないので、全然平気です」

「本当？　ここのお化け屋敷、結構怖いって有名なんだけど。怖かったら、俺に抱きついてもいいからね」

そんな雅人さんの軽口に笑って、私たちはお化け屋敷に入った――けれど。

「……っふ、あははははは」

お化け屋敷から出た途端に、雅人さんに大笑いされた。

「っもう、笑わないでください！」

「ごめん、ごめんってば。だって、立花ちゃんがあんまりにも可愛くてさ」

お化け屋敷は、本当に怖かった。いえ、私は、お化けなんて信じてないけれど！　何度も雅人さんに抱きついてしまったのは、そう、ちょっと、ほんの少しだけ、驚いただけなんだから。

――なんて、誰に聞かせるでもない言い訳を心の中でしているうちに、日が落ちてきた。次のアトラクションが終わったくらいで、そろそろ帰る時間だろうか。

「あのさ」

「あの」

二人で同時に話を切り出したのがおかしくて、ちょっと笑ってしまう。

「どうしたんですか、雅人さん」

「あ、ううん。俺はいいよ。立花ちゃんはどうしたの？」

「最後に、観覧車に乗りたいなって」

私がそう言うと、雅人さんは驚いた顔をして、それから再び笑った。

「俺も実はそう言おうと思ってたんだ。よし、行こう」

二人で乗り込んだゴンドラはゆっくりと上がっていく。夕日に照らされた景色は、とても綺麗だ。

「綺麗ですね」

「うん、すごく綺麗だ」

二人で夕焼けを眺める。言葉は少なかったけれど、気まずい沈黙ではなく、穏やかな時間だった。

もうすぐ頂上にたどり着く——というところで、雅人さんがふいに鞄から何かを取り出した。

「……立花ちゃん、良かったらこれを受け取ってもらえないかな？」

「いいんですか？」

雅人さんから渡されたのは、一つの箱だった。なんだろう？　疑問に思いつつ開けてみると——

「とても綺麗ですね！　こんな素敵な贈り物、ありがとうございます。大切にしますね」

箱の中身はフラワーボックスだった。薔薇やガーベラなど色とりどりの花が、溢れんばかりに敷き詰められている。

「プリザーブドフラワーだから、長持ちすると思うよ」

雅人さんが柔らかく微笑んだ。その笑みがあまりにも優しかったから。私は思わず見惚《みと》れてしまって、それっきりちっとも景色が目に入らなかった。


「今日はとても楽しかったよ。ありがとう、立花ちゃん」

「こちらこそ、ありがとうございます。とても楽しかったです」

なんだか名残惜しいけれど、雅人さんと別れ、家の中に入る。

自室に戻り、もらったばかりのフラワーボックスを飾った。

――その日、私はとても幸せな夢を見た。

水族館

日曜日。今日は、光輝さんとお出かけだ。南家の車が、家の門の前に停まった。

「おはようございます、光輝さん」

「おはよう、立花。そのワンピース似合ってるよ」

「ありがとうございます」

お礼を言って、車内に乗り込む。

どんな態度をとったらいいかがわからず、戸惑っていると、光輝さんが笑った。

「そんなに緊張しなくていいよ。僕は別に立花を食べたりしないから」

「そんなこと思ってませんよ」

「ならいいけど。でも、意識してくれて嬉しいな」

そんなにしみじみと言われるほど、以前の私は光輝さんを異性として見ていなかっただろうか。

……いえ、そうだったわね。

そんな自分を反省していると、光輝さんは笑った。

「今日は僕を見ててね」


光輝さんに連れてこられたのは、水族館だ。

静かな水族館では、色とりどりの魚たちが優雅に泳いでいて、とても綺麗だった。

「……綺麗だね」

「はい」

二人でゆっくりと館内を見て回る。穏やかな時間が流れていた。

「イルカとアシカのショーもあるみたいだよ」

光輝さんがパンフレットを見て嬉しそうに笑う。

「光輝さんは、昔からイルカが好きですよね」

幼い頃、何度も一緒に水族館に来たけれど、光輝さんは絶対に、イルカのショーがある水族館にしか行かなかった。

「違うよ」

「え？」

「いや、イルカは嫌いじゃないけど。イルカのショーを見ているときの立花が好きなんだ。立花、水族館でイルカが一番好きでしょ？」

確かに、イルカが一番好きだ。可愛くて賢くてジャンプもできるイルカは、本当に可愛いと思う。でも、それを光輝さんに伝えたことはなかったはずだ。

「立花だけをずっと、見てたからね。それくらい、わかるよ」

以前にも似た言葉を言われた。ずっと、見てた。それは、それだけの間、光輝さんが私のことを想ってくれていたということだった。

そのことを考えると、胸が苦しくなる。振り向いてくれない人を想い続けるのはとても辛い。私にとっての貴史さんがそうだったから。

私がなんと言ったらいいのかわからず俯《うつむ》くと、光輝さんが続けた。

「立花を責めたいわけじゃないんだ。ただ、僕が立花を好きなことだけは覚えていて」

「……はい」

イルカとアシカのショーを見た後は、水族館内のレストランで食事をとった。レストランは、大きな水槽と一体型になっていて、イルカを見ながら食事ができる。それは、イルカが好きな私にとってとても楽しい時間となった。

その後もゆっくりと館内を見て回り、気づけば時計の針は夕方を指していた。そろそろ解散だろうか。そう思いながら、水族館を出て車に乗り込む。

……？

おかしい。車の向かっている方角が、私の家でも光輝さんの家でもない。私が首をかしげると、光輝さんは笑った。

「立花、まだ今日は終わってないよ」

車が停まる。着いたのは、見晴らしのいい高台だった。

「……わぁ」

思わず歓声を上げる。眼下には、綺麗な夜景が広がっていた。

「綺麗でしょう？　前にこの場所を見つけて、いつか立花と来たいと思っていたんだ」

「はい、とても綺麗です。連れてきてくれて、ありがとうございます」

水族館の後の夜景なんてロマンチックだ。

しばらく二人で夜景を眺めていると、ふと、光輝さんが切り出した。

「僕は、傲慢《ごうまん》で視野が狭くて、なのに素直で流されやすい、可愛い立花が好きだよ」

「……光輝さん」

……ところどころ貶《けな》されていたような気がするのは、気のせいだろうか？　ちょっとそう思ったけれど、光輝さんは、そういう私のダメな部分も含めて好きだと言ってくれているということだろう。

「ねぇ、西条じゃなくて、王塚じゃなくて。僕にしなよ。僕、立花を幸せにできる自信があるよ」

「……私は」

光輝さんはありのままの私を好きだと言ってくれる。光輝さんの手を取れば幸せになれるだろう。

私は――

「……なんて、焦りすぎた。ごめん。今のは忘れて。今日はもう、帰ろう」


自宅の門の前で、光輝さんの車を降りる。

「今日はありがとうございました、楽しかったです」

「僕も楽しかったよ。おやすみ、立花。良い夢を」

「はい。光輝さんもおやすみなさい」

光輝さんを見送って家へ入ると、シャワーを浴びて、ベッドに寝転がる。光輝さんは「忘れて」

と言ったけれど。だからって、いつまでもこのままでいいはずない。

光輝さんも雅人さんも、私を好きだと言ってくれた。

眠りに落ちながら考える。私が今好きなのは、誰なんだろう。

幼さ

翌朝。陽光で目を覚ました。今日からまた、学園生活が始まる。制服に着替え、鏡でおかしいところがないか確認する。コンシーラーで目の下のクマを隠して……うん、大丈夫だわ。

「……よし」

意識して明るい声を出してはみたものの、寝不足なのは否めない。昨夜はずっと考えていて、なかなか寝つけなかった。私は誰が好きなのか。まだ、結論は出ない。

それでも、私に好意を持ってくれた二人にはちゃんと伝えるべきだろう。最後にもう一度だけ鏡を確認して、自室を出た。

「おはようございます、雅人さん」

恒例となったテラスでの報告会に行くと、まだ貴史さんは来ていないようだった。

「おはよう、立花ちゃん。あれっ、もしかして、寝不足？」

どうしていつも雅人さんには些細な体調の変化まで気づかれてしまうのだろう。そう思いながらも素直に頷く。

「はい。考え事をしていて……」

「もしかして、俺と南のこと考えてた?」

図星だったのでぎくりと体を揺らすと、雅人さんは申し訳なさそうな顔をした。

「どっちが楽しませることができるか勝負だなんて、決める立花ちゃんは困っちゃうよね。立花ちゃんの気持ちを考えてなかったよ。ごめん」

「謝るのは私の方です。お二人ともとても楽しくて、結局決められませんでした。ごめんなさい」

私が頭を下げると、雅人さんは慌てたように首を振った。

「ううん、楽しんでもらえたなら、それでいいんだ。でも、立花ちゃんが悩んでいたのはそれだけ?」

相変わらず雅人さんは鋭い。私のこと、全部お見通しなんだ。

「お二人が私を好きだと言ってくださって、とても嬉しかったです。その気持ちに応えたいのに、私は私自身の気持ちがわからなくて……」

「――どうしたの?」

正直に話していると、ふいに声をかけられた。

振り向くと、光輝さんだった。

「窓から立花と西条が見えたから。そういえば、立花、どっちの方が楽しかった？」

そう聞かれて、ちょうどその話をしていたのだと伝える。

「立花がそれだけ、僕たちに向き合ってくれてるってことだね」

そう言って、光輝さんは笑った。

「結論は焦らなくていいからさ、ゆっくり考えてよ。俺たちは、立花ちゃんの答えが出るまで、いつまでも待つから」

その雅人さんの言葉に、光輝さんも頷いた。

「ありがとうございます。……しっかり、考えます」

光輝さんが去った後、貴史さんから、風邪を引いたので今日は休むとメールが来た。

「ね、今日の放課後さ、王塚のお見舞いに行かない？」

「お見舞い、ですか？」

私が聞き返すと、雅人さんはうん、と頷いた。

「王塚のことも心配だし、最近、調査の方は手詰まり気味でしょ？　そのことについてもゆっくり話し合いたいなって」

「わかりました」

今日は生徒会の仕事はお休みだし、家庭教師の来る日でもないから、放課後は暇だ。

「じゃあ、また放課後にね」

ひらひらと手を振った雅人さんに手を振り返して別れる。

貴史さんのお見舞いか。だったら――

「もしもし、山本さん？　申し訳ないんだけれど――」

私が山本さんとの電話を終えて教室に行くと、もうほとんどの生徒は登校しているようだった。

けれど、いつもならとっくに来ているはずの真理亜の席は空席だった。真理亜も風邪なのだろうか。そんなことを考えているうちに、ホームルームが始まった。


放課後、雅人さんとの待ち合わせの前に、わざわざ車で来てくれた山本さんから、頼んでいたものを受け取る。

「手間をかけさせてごめんなさい。ありがとう、山本さん」

「いいえ、お嬢様のお役に立てるなら良かったです。では、私はこれで失礼しますね」

そう言って帰っていく山本さんを見送った頃、ちょうど雅人さんが校門に到着した。

「お待たせ、立花ちゃん。あれ、何を持ってるの？」

「ああ、これはイチゴのムースです」

私が今受け取ったばかりの包みを見せると、雅人さんは意外そうに片眉を上げた。

「イチゴのムース？」

「王塚さんはイチゴのムースが好きなんですすよ。いつもこの時期に風邪を引きやすいので、お見舞いのときはいつもこれなんです」

私がそう言うと、雅人さんはなんとも言えない顔をした。

「雅人さん？」

「あっ、いや、そうだよね。立花ちゃんと王塚は本当にずっと婚約者だったんだなって……。下らない嫉妬《しっと》だよ。ごめん」

そうした感情を持ったことそのものを恥じるように、雅人さんは目を伏せて頬をかいた。

「いいえ。雅人さんは、風邪を引いたときはみかんゼリーでしたね」

「交換日記に書いたこと、覚えていてくれたんだね」

「もちろんです。雅人さんとの交換日記は、私の楽しみですから」

雅人さんに向かって笑いかけると、雅人さんは恥ずかしそうな顔をした後、咳払いをした。

「俺も、立花ちゃんとの交換日記を楽しみにしてるよ。そろそろ、行こっか」

言いながら、門の前に停まった西条の車のドアを、雅人さんが開けてくれる。私はそれに礼を言いつつ、車へ乗り込んだ。

そうして貴史さんの家へ向かう途中、見知った車とすれ違った。

龍恩志の――真理亜がいつも乗っている車だ。窓ガラスから一瞬見えた真理亜は、いたって健康そうに見えた。真理亜は今日、風邪で休んでいたわけではなかったのだろうか。そんなことを考えているうちに、貴史さんの家に着いた。

迎え入れてくれた王塚のお手伝いさんに、貴史さんのお見舞いに来たのだと伝えると、すぐに貴史さんの部屋まで通された。

「貴史さん、具合はどう？」

「……ああ、来てくれたのか」

ベッドに横たわっていた貴史さんが体を起こす。

「無理しなくてもいいよ。寝てて。と言っても、王塚のことも心配だったけれど、龍恩志について話し合いたくて来たんだ」

雅人さんが苦笑いを含んでそう言うと、貴史さんは、複雑そうな顔をした。

「そのことなんですが。俺は、龍恩志真理亜はそんなに悪いやつじゃないと思う」

「どうしたの、急に」

雅人さんが首をかしげる。

真理亜は、悪いやつじゃない。以前の私なら、貴史さんに近づく女という時点で十分悪いわ！と反発したに違いない。けれど今なら少し冷静になって、真理亜を見ることができる。

確かに、真理亜は別に悪いことは……ええと、私と貴史さんの婚約を龍恩志の力で解消させたけど、それくらいしかしていない。「それくらい」が、かつての私にとっては、辛かったけれど。

「龍恩志の家の力と巻き戻しの力は、確かに強力だが、あいつの人間性は悪いとは思えないんだ。今日だって……」

ぽつぽつと貴史さんが話し始めた。

朝、真理亜から「今日も一緒に帰ろう」とメールが来たので、風邪を引いたことを伝えると、真理亜が学園を休んでまで看病に来たこと。

ただの風邪なのに、真理亜は必死の形相で、さっきまで付きっきりで看病をしていたことを話してくれた。

やっぱり、真理亜は風邪で休んでいたのではなかったのね。

「さすがにもう、熱が下がったから帰ってもらったが。何も言わなければ、俺が完治するまで離れないつもりだったようだ」

「でも、それはさぁ、龍恩志が王塚のことを好きだからっていうのもあるんじゃない？　なにせ、彼女にとって王塚は王子様らしいし。悪い子ではないかもしれないけど、俺は、自分の思い通りにいかないからって何度も時間を巻き戻す時点で、だいぶ子供だとは思うよ」

子供。雅人さんの言葉にはっとする。真理亜は、私が思うよりもずっと、精神が幼いのかもしれない。それこそ、ゲームが気に入らない結末になったら、すぐさまリセットするような。

「ええ、それは、俺もそう思います。龍恩志は、子供だと。ただ、子供なだけで、根は悪くないというか……」

「そうね。私も同感だわ。ただ、龍恩志さんが満足しなければ、巻き戻しは何度でも繰り返されると思うの。それをなんとかしないと……。今のところ、龍恩志さんは貴史さんが理由で、巻き戻しを起こしているると考えているのだけれど」

今の関係のまま学園を卒業して、二人が結婚して、いずれ貴史さんが真理亜を愛するようになれば、彼女はもう「リセット」しないのだろうか。その確証はどこにもない。

「そういえば、王塚は、今回は婚約解消の意思はあるの？　前回は、無理やり解消したらしいけど」

「今のところは、巻き戻しの解決策が見つかるまでは婚約を続けようと思っています。でも、この婚約は龍恩志のためにもならない。俺が、龍恩志に恋愛感情を持つことはないから。それに、こんなことを続けてたら、龍恩志自身が幸せになれる相手も見つからない」

結局は、真理亜の能力をどうにかして無効化するしか、方法はないのだ。

「堂々巡りだね……」

そう雅人さんが呟いたところで、廊下から声がした。

「あら、立花ちゃんと雅人くんも来てるの？」

どうやら、貴史さんのお母様が戻ってきたらしい。

「俺、ちょっと、おば様に挨拶してくるよ」

そういえば、貴史さんと雅人さんは中学のとき同じテニス部だった。そこで、家族ぐるみの交流があったのかもしれない。

部屋を出る雅人さんを見送り、貴史さんにイチゴのムースとスプーンを手渡す。

「貴史さん、これいつもの」

「ああ、ありがとう」

貴史さんは、体を起こしてムースとスプーンを手に取った。

「……うまい」

「山本さんのお手製ですもの」

私も今度作ってもらおうかしら。

そんなことを考えていると、貴史さんはふいにスプーンをベッドサイドに置いた。

「なぁ、立花」

「どうしたの？」

「時間が巻き戻る前――俺と婚約を解消した後は、西条さんと婚約してたんだろ？」

「ええ、そうね？」

なぜ、今その話を出すのかわからない。

「それは、おじ様の意思か？」

「いいえ、違うわ」

父は雅人さんとの婚約を喜んでくれたけれど、それは婚約の意思を伝えてからのことだ。父が喜ぶからと、婚約を決めたのではない。

私が首を振ると、貴史さんは苦しそうな顔をした。

「立花、お前、やっぱり――」

と、そこで、部屋の扉が開いた。雅人さんが戻ってきたのだ。

「どう？　俺がいない間に、龍恩志対策で何かいい案でも浮かんだ？」

「いいえ」

私たちが揃って首を振ると、そうだよね、と雅人さんは頷いた。

「話し合いに来たって言ったけど、まだ王塚も本調子じゃないし、やっぱり龍恩志対策については明日以降にしよう」

「そうですね。貴史さん、今日はゆっくり休んで、早く元気になってね」

「ああ。今日は、ありがとう。ムースもうまかった」

貴史さんがベッドに横になったのを確認して、私たちは部屋を出た。

失墜《しっつい》

翌朝。貴史さんの体調は回復し、私たちはいつものようにテラスに集まっていた。

「それで、どうする？」

「どうしましょう……」

うーん、と三人で頭を抱える。時間の巻き戻しに対する解決案は全くもって浮かんでいない。

「そういえばさ。あまり関係ないけど、龍恩志、あのアクセサリーが成功して以来、色んな株に手を出しているみたいだね」

「……そうですね」

貴史さんが、雅人さんの言葉に頷く。

「俺の好きなスポーツブランドの筆頭株主も、気づけば龍恩志になってるんだもんなぁ」

「私の母が愛用している化粧品も、そうなったと言ってました」

龍恩志グループは元々すごかったけど、今や飛ぶ鳥を落とす勢いだ。

「龍恩志は何を考えている？」

ぽつりと、貴史さんが呟いた言葉は風に流されて、消えた。


放課後、授業を終えて生徒会室に向かっていると、河北さんと出会った。

「こんにちは、河北さん」

「……あぁ。なぁ、相川」

「どうしたの？」

河北さんは何か言いたげに、しばらく口を開けたり閉じたりした後、ぽつりぽつりと話し出した。

「泣き続けている子を泣き止ませるには、どうしたらいい？」

泣き続けている子？　河北さんには、確か妹がいたはずだ。彼女のことだろうか。泣き虫なのかもしれない。

「相川なら、そういうとき、どうする？」

「そうね、私なら――」

私なら、泣いている子を泣き止ませるためには、どうするかしら。

「もう、大丈夫よ、って言うわ。私自身、その言葉で、救われたから」

巻き戻しについて打ち明けたときに、私を信じてくれた雅人さんの言葉。表面的な、ただの気休めにも思われるかもしれないけれど、私はその言葉にとても安心した。

「そうね、それから、以前泣き止んでくれたときのことを試してみるかしら。一度くらいは泣き止んでくれたことがあるのではなくて？」

河北さんは、しばらく考えた後、頷いた。

「一度だけ、ある。ありがとう、相川。……参考にする」

「ええ。今度は、笑ってくれるといいわね」

「……ああ」

体育祭に向けた会議を終え、帰りの支度をしていると、真理亜の携帯電話が鳴った。

「もしもし、パパ？　どうしたの？」

真理亜に電話をかけてきたのは、彼女の父親のようだった。

「えっ⁉」

そのやりとりを聞くでもなく聞いていると、突然、真理亜が驚いた声を上げた。

「そんな、そんなことあるはずないもん！　だって、だって、アクセサリーだって、大成功で……！

それなのにっ‼」

いったいどうしたんだろう。真理亜の言う通り、龍恩志が筆頭株主になったアクセサリーブランドの経営は、軌道に乗っていたと思うけれども。

——と、そこで貴史さんの携帯電話も鳴り始める。

「もしもし、父さん？」

こちらも電話の相手は、貴史さんのお父様のようだ。

「どうしたんだ？　……龍恩志が、株取引で？」

そういえば、最近急成長したアクセサリーブランド以外にも、龍恩志は化粧品や服などの様々な株に手を出していた。それで、何かあったのだろうか。

「失敗したのか。それで、俺たちの婚約を解消するって——」

婚約を、解消？

「やだっ！　やだやだ、そんなの。そんなの絶対絶対、認めないんだから‼」

まずい。真理亜が、携帯電話を投げ捨て、胸元のブローチを握りしめる——

「リセッ――」

真理亜の幼少期

私たちは、いつも綺麗な花の咲き乱れる中庭で遊んでいた。

「幸《ゆき》ちゃんだーいすき」

「私も真理亜ちゃんのことだいすき」

笑いながら抱きついて、抱きしめ返してくれることに安心する。

私たちは同じ病気で、しかも誕生日も一緒だった。病院の人からも姉妹のように仲が良いね、とよく言われるほど、私たちは仲良しだった。

けれどそんな、病気であってもそれなりに幸福だった日々は、突然終わりを告げる。

「真理亜ちゃん、私ね、もう死んじゃうんだって。おばさんとお医者さんが話してるのを聞いちゃったんだ」

幸ちゃんがぽつり、と言った。幸ちゃんが、死んじゃう？

「死んじゃうなんて、そんなこと言わないで！」

ずっと、ずっと一緒にいてよ。幸ちゃんがいないと私、ひとりぼっちだよ。ママは私が生まれてすぐに死んじゃったし、パパは私のことを愛してるって言ってくれるけど、仕事が忙しくて、全然会いに来てくれない。

「泣かないで、真理亜ちゃん」

泣きじゃくる私の頭を、幸ちゃんの頼りない手が、撫でる。でも、涙は止まらない。

「真理亜ちゃんは、幸せになれるよ」

「幸ちゃんがいなくなっちゃったら、幸せになんてなれないよ！　だから、ずっとそばにいて！　それか、幸ちゃんが死んじゃうなら私もいっしょに――」

すがりつく私に、幸ちゃんはもう一度言った。

「真理亜ちゃんは、絶対に幸せになる」

なれるよ、じゃなくて、今度は断言だった。

「……なんで、そんなことわかるの？」

泣きながら幸ちゃんを見上げると、幸ちゃんは優しく微笑んで、翡翠《ひすい》のブローチを差し出した。

「だって、私が真理亜ちゃんに『これ』をあげるから。これはね――」

幸ちゃんが亡くなった数ヶ月後、私たちの病気の特効薬が国によって承認されて、私は、助かってしまった。今は、外へ出るためのリハビリをしている。

ふと、病院の中庭に出る。

中庭には、幸ちゃんとの思い出がいっぱい詰まっていた。悲しくて寂しくて、また、泣けてくる。

「幸ちゃん……。やっぱり、幸ちゃんがいないと幸せになんてなれないよ」

涙は後から後からこぼれてくる。中庭のベンチに座って泣いていると、地面に影ができた。

「どうしたの？」

俯《うつむ》いていた顔を上げる。目の前には、男の子が立っていた。

「なんで、泣いてるの？」

男の子が心配そうに私の顔を覗き込む。

「あっち行って！」

自分で思ったよりも、強く鋭い声が出た。男の子はどこかへ行ってしまう。心配してくれたのに、言いすぎちゃったかな。

それでも、涙は止まらない。

「……もう、泣かないで。これをあげるから」

「？」

またさっきの男の子の声がして顔を上げると、男の子が何かを差し出していた。

「わぁ、綺麗」

思わず歓声を上げる。男の子が私にくれたのは、綺麗な赤い花のストラップだった。その美しさに、涙が止まる。

「それ、俺の手作りなんだ。……君は、笑っていた方が可愛いよ」

笑った？　私が？　幸ちゃんが亡くなってから楽しいことなんてなかったし、もう二度と笑うこともないと思っていた。

「俺、前にも見たことあるよ、君の笑顔。きらきらしてて、すごく可愛い。大きくなったら、俺のお嫁さんになってくれる？」

「もしかしてあなたが、私の王子様なの？」

幸ちゃんが、私にはいつか王子様が現れるって言ってた。その王子様？

「王子様かどうかわからないけれど、君を大切にするよ」

「じゃあ、いいよ。私、あなたのお嫁さんになる」

——と、遠くで誰かが男の子を呼んだ。

「坊っちゃま、そろそろ時間ですよ」

「わかった。……じゃあ、また今度」

男の子が駆けていく。私は胸がいっぱいで、名前を聞きそびれたことに気づいたのは、しばらくベンチでぼうっとしてからだった。

看護師さんに、あの男の子について聞いてみる。

「ねぇ、今日私と同じくらいの男の子が来なかった？」

「そうねぇ、真理亜ちゃんと同じくらいの年齢で、今日来たのは、王塚貴史くんとそれから——」

「おうつかたかしくん⁉　おうつかたかしくんって言うのね！」

それが私の王子様の名前だ！

それから私は毎夜、幸ちゃんからもらったブローチを握りしめながら、王子様にまた会えますように、と願って眠った。

私の王子様

ようやく貴史くんと同じ学園に入学できたのに、一度目は、「友達としてしか見られない」って振られた。

だったら、友達になる前に婚約しちゃえばいいって思った。なぜだか、貴史くんは相川さんに執着していたけど、龍恩志の力を使えばいいって。それが二度目。

そして今度は、もっともっと龍恩志が大きくなれば、貴史くんも私を見てくれるって。

でも、それでもだめなら、どうしたらいいの？

これ以上どうしたら。私はずっと、あの日に出会った王子様――貴史くんだけが好きなのに。

わからない。それでも。

私は、叫ぶ。やり直さなくちゃ。だって、だって、幸ちゃんと約束した。幸ちゃんの分も、王子様と幸せになるって。

「リセッ――」

最後まで言い切る前に、私の言葉が止まったのは、悲しげな瞳と目が合ったからだ。思い返せば、彼はいつも悲しげな目で私を見ていた。私はそれがなんだか、苦手で。いつも理由を聞けなかったけれど。

みんなが戸惑っている中、彼が、彼だけが、私に近づく。

「なぁ、龍恩志。俺はお前の王子様じゃないかもしれないけれど、お前を大切にする。お前が何度も何度も王塚を想って泣いているのは知ってる。でも、俺じゃ、だめなのか？」

「!?」

――王子様かどうかわからないけれど、君を大切にするよ。

それは、私の王子様の台詞《せりふ》。偶然、だよね？

「……これをあげるから、あのときみたいに泣き止んでくれないか」

そう言って、彼が差し出したのは、そう。あの、赤い花のストラップだった。

「……あっ」

――バキッ。

胸元の、ブローチが割れる。

――真理亜ちゃん、もう、泣かなくて大丈夫だよ。

「……幸ちゃん？」

幸ちゃんの声がふいに、聞こえた。

幸ちゃんが言っていた言葉を思い出す。

――真理亜ちゃん、これはね。「リセット」って言うと、時間を巻き戻すことができるんだって。私の家でずうっと伝わってきたものでね、今まで誰も使ったことはないんだけど。大親友の真理亜ちゃんに、これをあげる。

それから、幸ちゃんは三つ、注意事項を挙げた。

一つ、人の死に関わることは、やり直せないこと。

二つ、「リセット」と言えば何度でもやり直せるけど、その度に効力が薄れてしまうこと。強い感情や願いを持っている人には記憶や感情が残ってしまい、そういった人はどんどん増えていくこと。

そして、最後は、私に王子様が現れて、もう大丈夫になったら、ブローチは壊れてしまうこと。

「……あ、あああっ」

もしかして、私ずっと、勘違いをしていたの？

膝から崩れ落ちそうになった私を彼――河北くんが支えてくれた。

「ごめ、なさい。ごめんなさい、私……」

ずっと、勘違いしていて。その勘違いで何人もの人を巻き込んだ。でも、それでも、幸せになり

たかった。幸せにならなくちゃいけないと、思っていた。

「やっぱり、俺ではまたあのきらきらした笑顔を見せてはくれないのか？」

悲しそうに、河北くんが呟く。

違う、違うよ。私、ずっと、あなたが、好きだった。あなたとの思い出が私の救いだったの。

涙は止まらない。でも、どうにか笑みを浮かべる。

「あなただったんだね。私の、私だけの王子様――」

結末

「あはは、やっぱり来たのは俺だけじゃなかったね」

雅人さんが、私と貴史さんの顔を見て、楽しそうに笑う。もう真理亜のことは解決したというのに、私たちは相変わらず、テラスに集まっていた。

「なんだか、落ち着かなくて」

――あの日、あの後、生徒会室は、騒然となった。

真理亜が「リセット」と言うのを聞いて、私は、また初めからかと絶望していた。けれど、静かに歩み寄った河北さんの言葉に真理亜は膝から崩れ落ち、そして、言ったのだ。

私の、私だけの王子様、と。

『ええと、つまり、どういうこと？』

私の疑問を、雅人さんが真理亜に尋ねた。

それに答えた真理亜の話を要約すると、こういうことらしい。

真理亜は、幼い頃に出会った「王子様」を、ずっと貴史さんだと勘違いしたまま、貴史さんと結ばれたくて、何度もブローチを使って時間を戻していた。けれど、本当の王子様が河北さんだと気づいたことで、ブローチは壊れ、時間を戻す魔法ももう使えなくなった。

つまり、私たちは真理亜の勘違いに、ずっと巻き込まれていたということだ。

真相を聞くと、なんとも言えない気持ちになるけれど。真理亜は、私たちに向かって「ごめんなさい」と何度も繰り返した。一番の被害者である貴史さんは、真理亜のことを許すと言った。そして、私も真理亜に、一番最初のリセットが起こる前に彼女をいじめていたことを謝った。

株取引に失敗した龍恩志グループは、規模を縮小せざるを得なくなったけれど、新たに婚約した河北グループの助けもあり、少しずつ、持ち直す兆《きざ》しを見せ始めている。

しばらく三人で、全く見当違いのことをしていたと笑い合っていると、ホームルームの予鈴が鳴った。

「じゃあ、俺はそろそろ」

そう言って、貴史さんは自分の教室に戻っていった。私も、教室へ足を向けかけた、そのとき。

「立花ちゃん」

「どうしました？」

振り返った私に、雅人さんは、なぜか、寂しそうに笑った。その笑みに胸騒ぎがする。

「もう、今の王塚に婚約者はいない。本当の気持ちを我慢しなくていいんだよ」

——私の本当の、気持ち。今の私が本当に、好きなのは……

君と一緒に

昼休みの屋上は、今日も澄みきった空気が気持ちいい。大きく伸びをしながら足を踏み出すと、目当ての人物はすぐに見つかった。

その人は、やっぱり、一番日当たりの良い場所で寝ていた。

「光輝さん、光輝さん、起きてください」

「……やだよ。起きたら、僕を振るつもりでしょう？」

「！」

図星を指されて、どんな顔をすればいいのか、わからなくなる。

でも、言わなくちゃ。それが、誠意だと思うから。

「光輝さん、今までずっと、私を想ってくださってありがとうございます」

私が深く頭を下げると、光輝さんは体を起こした。

「……あいつに、立花をもし泣かせたら、覚悟しといてって言っといて」

それだけ言って、光輝さんはまた、目を閉じてしまう。けれど、それが光輝さんなりの気遣いだと知っているから。私はもう一度、深く頭を下げると、静かに屋上を後にした。


放課後。今日は、生徒会の仕事はお休みだ。教室で帰りの支度をしていると、貴史さんが訪ねてきた。

「おい、立花、いつまで待たせる気だ」

「ごめんなさい、すぐに行くわ」

私から一緒に帰ろうと誘ったのだから、待たせるのは申し訳ない。急いで片付けをして、貴史さんのもとに行く。

車に乗って話を切り出そうとして――

「あの」

「なぁ」

貴史さんとタイミングが被ってしまった。

「どうしたの、貴史さん?」

「いや、立花からでいい」

「そう？　じゃあ……」

ひとつ、深呼吸する。

「……貴史さん、今までごめんなさい。私はだめな婚約者だったわ」

私がそう言うと、貴史さんは大きくため息をついた。

「本当にな。俺に近づく女子は、どんな理由であろうと排除しようとしたりして、本当に大変だった」

事実なのだけれども、しみじみと言われると、思った以上にダメージが来るものね。

「でも、立花、俺はそんなにお前との時間が嫌いじゃなかった」

「……貴史さん、ありがとう」

貴史さんにお礼を言うと、貴史さんは照れたように横を向いて、早口に言った。

「今度はもう、あんな真似をするなよ。捨てられても、拾ってやらないからな」

「ええ、ありがとう」

翌日のお昼休み。もみくちゃにされる覚悟で、メロンパンを買いに行く。

メロンパンは、最後の一個だった。それに手を伸ばして、誰かの手とぶつかってしまう。

「ごめんなさい」

「いや、こちらこそ……って、立花ちゃん！」

名前を呼ばれて顔を上げると、雅人さんだった。二人でごめんなさい、と謝り合っているうちに、メロンパンは別の誰かにとられてしまう。

「あーあ、残念。でも、知ってた？　この購買部はコロッケパンも美味しいんだよ」

そう言って、雅人さんは、私にコロッケパンを手渡してくれた。

「ね、立花ちゃん。ちょっとテラスでお話ししない？」

誘われるまま、テラスに移動する。

「うーん、今日も快晴だねぇ」

雅人さんが大きく伸びをする。私も新鮮な空気をいっぱいに吸い込んだ。

「……それでさ、立花ちゃん、ちゃんと王塚に自分の気持ち伝えられた？」

「はい」

私が強く頷くと、雅人さんは寂しそうにそっか、と言って笑った。

「まぁ、俺みたいないい男、他の女子がほっとかないだろうし、俺のことは気にしなくて――」

「気にします！」

しまった、思ったよりも大きな声が出てしまった。私の言葉に、雅人さんはぽかんとした顔をして、しかしすぐに頷く。

「まぁ、男友達が、女子に囲まれてたら気になるよね」

「私は、雅人さんと友人でいるつもりはありません」

きっぱりとそう言うと、雅人さんはなぜか傷ついたような顔をした。

「えっ？　俺って、いつの間にかそんなに嫌われてた？」

「私、雅人さんのことを一番知っている人になりたいんです。だから、その、つまり私は、雅人さんのことがす――」

好きなんです。

言いかけた言葉は、最後まで言わせてもらえなかった。代わりに、温かい熱が私を包む。

「俺で、いいの？」

「他の誰でもない、あなたが、いいんです」

私が頷くと、さらに強い力で抱き寄せられた。嬉しいけれど、ぎゅうぎゅうに抱きしめられて、雅人さんの顔が見えない。そう抗議すると、雅人さんは震える声で「やだ」と言う。

「だって、今俺すごい顔してるから、立花ちゃんに見せられない」

「私は、見たいです。雅人さんのどんな顔でも。言ったでしょう？　雅人さんのことを一番知ってる人になりたいって」

私が一番辛いときに、いつもそばにいてくれた人。今度は私が、あなたを支えたい。

「うわ、それすごい殺し文句」

そう言って、しぶしぶ体を離してくれたので、雅人さんの顔を思う存分堪能する。見上げる雅人さんの顔は真っ赤だった。

「立花ちゃん、俺の夢はね、愛のある家庭を作ることなんだ。俺と一緒に、愛を育《はぐく》んでくれる？」

いつか聞いたのと似た言葉に、思わず笑顔がこぼれる。

「はい！」

エピローグ

「いち、に、さん、よん、ご、ろく……」

私が数えていると、雅人さんが、顔を覗かせた。

「何数えてるの？」

「雅人さんとの交換日記です。ずいぶんと、たくさんになったなって」

片手じゃ数えきれないほどの数になった。これらは、それだけの年月を私たちが共に過ごしてきたという証《あかし》でもある。

「ずっと愛してるよ、立花ちゃん」

「私も、雅人さんのことを愛してる」

雅人さんの顔がゆっくりと、近づ——

「あっ、お父様とお母様がまた、キスしてる！」

「しーちゃん、そんな大声出したら、気づかれるよ！」

すでにもう気づいてしまった。さすがに子供の前でキスをするのは気まずい。

私たちと目が合って逃げ出した子供たちを、雅人さんが笑いながら追いかける。

一度目の私は、あなたを嫌っていた。
二度目の私は、あなたを知りたいと思った。
三度目の私は、あなたを愛してる。
――傲慢《ごうまん》だった私の想像もしていなかったような、眩しい未来は、始まったばかりだ。

番外編

立花と雅人の場合

それは、私と雅人さんが正式に婚約者となって、数日後のことだった。

「期末テスト？」

思いもよらなかった言葉に、ぽろりと箸《はし》を落としてしまう。慌ててそれを拾っていると、一緒に昼食をとっていた雅人さんが笑った。

「そうそう、もうすぐでしょ？」

――そうだった！

真理亜の勘違いから始まった巻き戻しは無事解決し、その後の体育祭も何事もなく終わった。体育祭、雅人さんと踊るフォークダンスは、それはもう楽しくて――いや、話が脱線してしまった。

とにかく、体育祭が終わればやってくるのは、期末テストだ。思わず両手で頬を押さえる。もちろん、巻き戻しがすっかり解決した今でも授業はちゃんと真面目に聞いているし、家庭教師にも週に三日来てもらっている。けれど、その存在をすっかり忘れ切っていたのは事実だった。

それどころか、夏休みに雅人さんとどこかへ出かけられたらいいな、なんて、浮かれすぎていた。噂では、今回の期末テストは、点数が悪いと夏季休暇に補習があるらしいのだ。

私が顔を真っ青にしていると、雅人さんはいたずらっぽい顔をした。

「あれあれ、立花ちゃん。もしかして……」

「期末テストなんてすっかり忘れて、デートできたらいいな、なんて甘い考えを持っていてごめんなさい！」

私が素直に白状すると、雅人さんは嬉しそうに笑った。

「デートしたいって思ってくれてたんだ。俺だけじゃなかったんだね」

「え、雅人さんも？」

「そりゃあ、せっかく可愛い立花ちゃんの婚約者になったんだもの。デートしたいなぁ、って思ったって罰《ばち》は当たらないでしょ？　さて、そんな立花ちゃんに提案です」

なんだろう？　首をかしげると、雅人さんは私の手を取った。

「立花ちゃん、デートしない？」

雅人さんの提案に従い、放課後——今日は生徒会の仕事はお休みだ——早速私たちはデートをすることになった。

「……」

「あれ、立花ちゃん、もしかして緊張してる？」

車の中で借りてきた猫のように大人しくしていると、雅人さんが私の顔を覗き込んだ。

「……はい」

「大丈夫だよ！　ちゃんと綺麗だから。到着したら汚部屋《おべや》でびっくり！　なんてことはないから」

いえ、そんなことを心配しているわけではないのだけれど。そうじゃなくて。

「それとも俺の家族に会うのが不安？」

「そんなこと、ありません！」

慌てて首を振る。雅人さんのご家族とは、すでに何度も顔を合わせている。温かくて優しい、とても素晴らしいご家族だ。そんなことより、何が緊張するって――

「好きな人のお部屋にお邪魔するんです。緊張しないはずがありません」

そう、雅人さんが提案したのは、いわゆる「お家デート」というものだった。と言っても、テレビや映画を見たりしてくつろぐのではなく、一緒に勉強をしようというものなんだけれども。

顔が赤くなるのを感じながら言い切ると、雅人さんも顔を赤くした。

「……そっか。なんかすごく、嬉しいな。俺、立花ちゃんの『好きな人』なんだね」

雅人さんはいつも態度で、言葉で、想いを示してくれる。だけど、私はいつも照れてしまって、あまりはっきりと好意を示せていなかった。それを反省する。

「はい。私は、雅人さんのことが好きです。大好き、なんです」

どうか伝わってほしい。私が、どれだけ雅人さんのことを好きで、あなたの存在に救われているのか。

「うん。俺も、立花ちゃんのこと、大好きだよ」

車が停まった。どうやら、雅人さんの家に着いたようだ。何度かくぐったことのある門を通り抜け、雅人さんに続いて家の中へお邪魔する。

「ただいまー」

「おかえりなさい」

雅人さんの呼びかけにそう返したのは、雅人さんのお母様だった。

「こんにちは、お邪魔します」

「あらあら、今日は立花ちゃんも一緒なのね。ゆっくりくつろいでいってね」

にっこりと微笑んだお母様は、奥の部屋に消えていった。

「ええと、それじゃあ、俺の部屋に行こうか？」

「……はい」

雅人さんの家は和風建築だ。私の家は洋風なので色んなところが物珍しく感じられる。廊下を進みながらきょろきょろとしていると、雅人さんが笑った。

「立花ちゃん、緊張が解けたみたいだね」

「改めて、素敵なお家ですね」

しまった。きょろきょろしたりして、はしたなかっただろうか。恥ずかしく思いながらもそう言うと、雅人さんはにこやかに頷いてくれた。

「ありがとう。俺も、気に入ってるんだ。立花ちゃんにそう言ってもらえて嬉しいな」

と、そんな話をしているうちに、雅人さんの部屋の前に着いた。

「……どうぞ。昨日掃除したばっかりだから、まだ綺麗だと思うよ」

そう言いながら、雅人さんが襖《ふすま》を開ける。

雅人さんの部屋は、彼が言う通り、とても綺麗だった。品良く調《ととの》えられた家具も、本棚にたくさん並んだ参考書も、雅人さんらしい。

「雅人さんはいつもこの部屋で生活されているんですね」

雅人さんの一面にまた触れることができた気がして、嬉しい。思わず、口元に笑みが浮かんでしまう。雅人さんは気恥ずかしそうな顔をした。

「そうだね。……そう言われると、ちょっと恥ずかしいかも。……じゃあ、勉強しよっか。わからないところがあったら、教えてあげるから」

「はい！」

勉強はとてもはかどった。途中で質問をすると、雅人さんは優しく丁寧にわかりやすく教えてくれる。

「そろそろ、休憩しよっか」

「そうですね」

雅人さんの言葉に私もペンを置く。

ふいに、雅人さんが嬉しそうに微笑んだ。

「でも、やっぱりいいな」

「え？」

何が、いいんだろう。私が首をかしげると、雅人さんは続ける。

「この部屋って、俺の日常の象徴みたいなもので。そこに、立花ちゃんがいる。でも、これからはそれは特別なことじゃなくて、立花ちゃんが俺の日常になるんだなって。それが嬉しくて」

それは私も同じだ。雅人さんの日常の中に私がいるように、私の日常の中にも、雅人さんがいる。現に、雅人さんとの交換日記は、もうすっかり私の生活の一部だ。

私がそう言うと、雅人さんも頷いた。

「うん。そうやってさ、毎日を重ねて。いつか、家族になろう」

「はい」

雅人さんは、以前言った。愛を育《はぐく》んで温かい家庭を作るのが夢だと。きっと、この人とならその夢は実現できる。そう思った。

「ところで、雅人さんの方の勉強は大丈夫ですか？　私の勉強にお時間を使ってしまって……」

私が尋ねると、雅人さんは笑った。

「ほら、俺って天才だから。むしろいつもより勉強してるくらいだよ」

嘘。私は、雅人さんの手を取った。

「立花ちゃん？」

雅人さんが不思議議そうな顔で私を見る。

この手を愛しいと思った。ペンだこのできた、大きな優しい手。あなたの努力を私は知っている。

そのことを、伝えるなら、今だと思った。

きっと、今を逃すとまた、伝えそびれてしまうから。

「雅人さん、私は――」

けれど、私が言いかけたところで、急に襖《ふすま》が開いた。

「雅人、忘れ物を届けに――って、な、な、なんですか、その手は！　異性の部屋で、二人きりで手を握るなんて、破廉恥《はれんち》ですよ!!」

「實？」

雅人さんが意外そうにその人の名前を呼ぶ。その言葉通り、現れたのは、東井さんだった。

東井さんの手には、プリントらしきものがある。けれど、手に力が入ったようで、若干くしゃくしゃになってしまっていた。

「テスト範囲のプリントが机の上に置きっぱなしだったので……というよりも、まず！　その手、その手を離しなさい！　相川さん！　破廉恥《はれんち》ですよ！」

「プリントはありがたいけれど。實、今せっかく立花ちゃんと良いところだったのに。邪魔しないでよ」

「邪魔しますよ！　いくら婚約者といえども、密室に異性と二人きりという時点で十分破廉恥《はれんち》なのに、手を握り合っているなんて」

まるで信じられないものを見るような目で、東井さんは私たちを見た。そもそも東井さんは私のことを生徒会の一員としても、雅人さんの婚約者としても、まだ認めてくれていない。

「雅人には、もっと慎ましやかで相応《ふさわ》しい女性が――」

「さすがに、實でも、聞き捨てならないなぁ、それ。俺は立花ちゃんが好きだし、立花ちゃん以外の人を選ぶつもりはないから」

雅人さんがきっぱりとそう言ってくれた、そのことにほっとする。けれど、私自身ももっと頑張らなければ。東井さんは雅人さんの親友だ。親友に認めてもらえない結婚は、きっと寂しい。

「……確かに、言いすぎましていた。雅人、相川さん、申し訳ありません」

「いいえ、謝っていただけたら十分です」

「今回だけは、許すけれど」

私たちの返事に、東井さんは胸を撫で下ろしていた。そして、東井さんは本題であったプリントを雅人さんに差し出す。

「では、雅人。はい、これ」

「うん。わざわざありがとう」

雅人さんがプリントを受け取ると、東井さんは私たちの間に割り込むようにして座った。

「ちょっと、實？　用事はプリントだけじゃなかったの？」

「せっかくの機会なので、僕も雅人に勉強を教えてもらおうと思いまして」

——結局、頑《かたく》なに帰ろうとしない東井さんにより、その日は三人で勉強をすることになった。


「今日は、ありがとうございました」

雅人さんのおかげで、わからなかった問題もだいぶ理解することができた。

「ううん。こちらこそ、楽しかったよ」

「僕もテストで良い点が取れそうです」

東井さんはそう言って、ひと足先に帰っていった。それを見送り、迎えの車をよこしてほしいと家に連絡しようとしていると、雅人さんが携帯電話を持つ私の手を押さえる。

「立花ちゃんは、俺が送っていくよ」

「ありがとうございます」

お礼を言うと、雅人さんは首を振った。

「ううん、俺が立花ちゃんともう少し一緒にいたいだけだから。ねぇ、立花ちゃん、さっきは何を言いかけたの？」

「あれは……」

雅人さんの手を取る。

「私は、雅人さんの手が、好きです」

「手？」

「はい。雅人さんは自分のことを天才だって言いますよね。もちろん、それもあるのかもしれないけれど、それ以上に努力している雅人さんが好きです」

「努力してるなんて、初めて言われた」

雅人さんがぽつりと言う。

「みんな、俺が一番をとっても、天才だからって言えばそれで納得するのに。俺さ、三男だからあまり期待されてなくて。あっでも、家族仲が悪いとかそういうことじゃないんだけど。……とにかく、ありがとう、立花ちゃん。俺を見つけてくれて」

雅人さんの言葉に首を振る。見つけてもらったのは、私の方だ。雅人さんは私の些細な変化にもいつも気づいてくれる。私がそう言うと、雅人さんは笑った。

「好きな子のことだもん。見てるよ」

「私も同じです」

私たちは、顔を見合わせて笑い合った。

◇　◇　◇

なんとか期末テストを乗り切り、あとは結果を待つだけになった。

登校して、ローファーからスリッパに履き替えているとき、学園中が騒がしいのに気がつく。

「……？」

どうしたんだろう。何か事件でも起きたのだろうか？

首をかしげながら教室へ向かうと、廊下にテストの成績表が貼り出されていた。もしかして、これで学園中がざわついているのだろうか。

私は、何位だっただろう。自分の名前を探すと、前回と同じ九位だった。良かった、変わらず十位以内に入れている。

「おはようございます、立花さん！」

心の中でひそかにガッツポーズをしていると、友人に話しかけられた。

「ええ、おはようございます。皆さん、そんなに興奮してどうしたの？」

私が首をかしげると、友人が教えてくれた。

「立花さん、大事件が起きているのよ！」

私は、友人の言葉を確かめるため、三年生のフロアに向かった。そこは、二年生のフロア以上にざわざわしていた。

貼り出された成績表を見る。一位は、いつも通り雅人さんだった。二位にはいつもと違って、光輝さんの名前が。そして――

あともう一人の名前を探すと、その人物の名前は予想外の位置で見つかった。

「……え？」

十二位、東井實。

實の場合

あの東井さんが、十二位？

「本当に？」

何度も目の前の紙を確認する。けれど、何度確認しても、東井さんは十二位だった。

「おはよう、立花ちゃん。立花ちゃんが三年の廊下にいるなんて珍しいね」

「……おはようございます、雅人さん」

「ん？　どうしたの？」

私の横に並んだ雅人さんも、成績表に目を向ける。

「……實が、十位以内に入ってない？　實は、どんなに体調が悪くても必ず十位以内に入っていたのに」

驚きを含んだ雅人さんの言葉に頷く。これが他の人なら、たまたま今回は調子が悪かったんだな、で済む話だし、そもそも十二位というのは、十分成績が良い部類に入る。

けれど東井さんは、「生徒会執行部の役員たるもの、何があっても必ず十位以内に入っていなければならない」という考えの持ち主だ。だから東井さんは、成績が芳《かんば》しくないのに生徒会に入ってきた私が気に入らなかったわけだし。

それなのに。

――その日、結局東井さんは学園に来なかった。

その翌日も東井さんは学園を休んでいた。

「ごめんね、立花ちゃん。俺ちょっと實の見舞いに行ってくるから、今日は一緒に帰れないや」

昼食をとっているときに、雅人さんが申し訳なさそうに眉尻を下げた。

「いえ、気にしないでください。心配ですが、私が行ったら東井さんは気が休まらないでしょうし」

なにせ、私は東井さんに嫌われている。好かれる努力はしたいと思うけれど……。とにかく、私がいたら、治る風邪も治らないだろう。

「俺は立花ちゃんがいたら、風邪なんて一瞬で治っちゃうんだけどな」

「じゃあ、雅人さんが風邪を引いたときは、すぐにお見舞いに行きますね」

風邪を引かないのが一番だけれど。なんて、呑気なことを言いながら笑い合っていた私たちは、

東井さんが休んだ原因を風邪だと決めつけていた。

翌日のお昼休み。いつも雅人さんと一緒に昼食をとっている場所に行くと、なぜか東井さんもいた。風邪から回復したのだろうか。

私が首をかしげながら近づくと、私に気づいた雅人さんがひらひらと手を振った。

「やぁ、立花ちゃん」

「こんにちは、雅人さん。東井さんも、風邪治ったんですね。良かった」

けれど、私の言葉に反して、雅人さんは深刻そうな顔をした。

「ほら、實。自分から言うんじゃなかったの？」

そう言って、東井さんの肩をつつく。けれど、東井さんは、首を振る。

「やはり、僕の口からは言えません。雅人、僕の代わりに言ってもらえませんか？」

えっ。もしかして。

嫌な予感がした。雅人さんの方を向くと、雅人さんは頷いた。

「実は、實はね、深刻な病気なんだ」

「……え？」

雅人さんの重々しい表情で、ある程度予想はしていたものの、実際に聞くとショックだ。

「それで、立花ちゃんに協力してもらいたいことが、あるんだけど……。あのね――」

「なんでもします！　協力させてください！」

相川グループは、医療分野に強い。だから、力になれるかもしれない。雅人さんの言葉を遮る勢いで力強く頷くと、雅人さんは嬉しそうに笑った。

「ありがとう、立花ちゃん。そう言ってくれて、嬉しいよ」

「もし差し支えなければ、病名を教えていただけますか？」

そうすれば、父にすぐに連絡を入れられる。そう思って尋ねると、雅人さんが口を開いた。

「實はね、…………なんだよ」

「え？」

聞き間違いだろうか。そう思って聞き返すと、雅人さんはもう一度はっきりと言った。

「實はね、恋の病……わかりやすく言うと、好きな人ができたんだよ。初恋だね」

恋の病？　好きな人ができた？　なんと言うか、それは。

「……それは、おめでとうございます。てっきり、もっと深刻な病気にかかったのかと思いました」

なるほど。それで、東井さんはテストの成績が悪かったり、学園を休んだりしたのか。

恋は楽しいことばかりではなく、悲しいこと、辛いこともある。けれど、雅人さんに恋をしている私にとっては、素敵なものには違いなかった。

「いやいや、立花ちゃん。恋だって、深刻な病気だよ。自分で自分を制御できなくて、いつもの自分らしくない行動をとっちゃったりするし」

言われてみれば、確かにそうだ。貴史さんのときがそうだった。貴史さんのことしか見えなくて、貴史さんに近づく真理亜が憎くて……いじめた。あのときのことは、巻き戻しの魔法が解けたときに真理亜に謝ったとはいえ、許されないことだ。

「それで、私は何をしたら良いんですか？」

協力してほしい、ということは、相手は私の知り合いだろうか。でも、私の友人たちには、もう婚約者や許嫁《いいなずけ》と呼べる人がいるのだけれど。そう不安に思いながら尋ねると、東井さんは蚊の鳴くような小さな声で囁《ささや》いた。

「………さんのことを、教えていただけませんか？」

「もう一度言ってもらえますか？」

小さすぎて聞き取れなかった。私が聞き返すと、東井さんは、だから、その、とずいぶんと口ごもりながらも再び口を開く。

「春日陽日《かすがはるひ》さんのことを、教えていただけませんか？」

春日陽日。懐かしい名前だ。私が中等部のとき入っていた、新体操部の後輩だった。私の一学年下だから、今は高等部の一年生だ。

「それは、構いませんが……。私は中等部の頃の彼女ならともかく、今の彼女については詳しくないですよ」

中等部のときはそれなりに親しくしていたけれど、私が高等部に上がってからは疎遠になってしまっていた。

「はい。承知の上です」

東井さんが頷いたのを確認して、私は知っている限りの陽日のことを話した。陽日は春日家の三女だから、まだ婚約者や許嫁《いいなずけ》はいなかったはずだ。

「そういえば、陽日とはどのようなきっかけで？」

東井さんと陽日は二学年違うし、なかなか接点が生まれるようには思えない。私が尋ねると東井さんはぽつりぽつりと話し出した。

きっかけは、テニスボールだったと言う。東井さんが中等部時代を懐かしく思いながらテニスコートの前を歩いていると、コートを囲うフェンスを飛び越えたテニスボールが、東井さんの頭に直撃した。

『あっ！　すみません!!　大丈夫ですか？』

すぐに、東井さんのそばに一人の少女が駆け寄ってきた。

『……ええ、軽く当たっただけですので』

実はわりと痛かったらしいけれども、東井さんがそう言ってボールを手渡すと、少女は微笑んだ。

『本当にすみません。それから、ボール、ありがとうございます』

ボールを受け取ると、彼女は再びテニスコートに戻っていった。

「――そして、僕は恋に落ちました」

「えっ⁉ ちょ、ちょっと待ってください。今のどこに恋に落ちる要素が？」

陽日は現在テニス部に入っているんだなぁ、なんて思いながら聞いていると、あまりにも唐突に東井さんが恋に落ちたのでびっくりする。

「言ったでしょう。彼女が僕に微笑んだと」

「まさか、それで？」

「ええ。話を続けます。それから僕は、彼女の笑みが頭から離れない日々を過ごしました」

その間、東井さんはなぜか胸がいっぱいになり、食事も喉《のど》を通らない状況が続いたのだと言う。

「僕の好物である、ハンバーグも、プリンも喉《のど》を通らなくて……」

東井さんの好物は意外と子供っぽいのね。微笑ましく思っていると、ふいに、東井さんが私を睨んだ。

「僕は、自分の想いに自覚がなかったので、この現象を雅人に相談しようと、忘れ物にかこつけて雅人の家を訪ねました」

まさか。

「そしたら、なぜか、あっ、あんな破廉恥《はれんち》なことをしているではありませんか！」

手を握っただけだ。誤解を招くような言い方はやめてほしい。

「その後も、僕はそれとなくあなたに席を外すようアピールしましたが、あなたは一向に帰ろうとしないし」

もしかして、私と雅人さんの間に割り込むようにして座ってきたのも、邪魔をしたかったわけではなく、早く帰れというアピールだったのかしら。

「……ごほん。そして、この現象を解明できないまま、日々は過ぎました。そこで、何か悪い病気にでもかかっているのではないかと思って検査入院をしていたときに、雅人が見舞いに訪れ、真相が発覚したというわけです」

「ちなみに、陽日の名前はどのように知ったのですか？」

聞いた話では、陽日は自分では名乗っていなかったはずだ。それに、東井さんはそれまで陽日を認識していなかったわけだし。

「それは、彼女を見かける度に目で追っていたら、彼女が『春日さん』や『陽日さん』と呼ばれていることに気づいたので……」

「えっ!?　そうだったの。俺もあえてそれは聞かなかったけれど。實、それ一歩間違うとストーカーだぞ」

「ぼ、ぼぼぼ、僕がストーキングなんてするはずないでしょう！　好きな人のことを知りたいと思うのは普通だと、雅人も言っていたではありませんか！」

二人はしばらく言い合った後、仕切り直すように東井さんが咳払いをした。

「とにかく、僕がこのことを相川さん、あなたにお話ししたのは、協力してもらいたい……というのもありますが、あなた方の気持ちがわかったからです」

私たちの気持ちが？

「僕は、王塚くんともっと一緒にいたい、という恋情で生徒会に入ってきたあなたを嫌っていました。今でも、どうかと思います。でも」

そこで東井さんは言葉を切り、私を見た。

「もし、春日さんが先に生徒会に入っていて、僕の成績が悪かったら、僕も同じことをしていたかもしれません。それに、あなたは、仕事はずっと真面目にこなしていました。現在は勉強も頑張っているようですし、会長でありながら今回成績を落とした僕がとやかく言えることではありません。つまり、何が言いたいかと言うと」

ごくり。東井さんの言葉の先を期待して、唾《つば》を呑み込む。

「あなたのことを、生徒会の一員として、み、認めてあげなく、なく、なく、なく、なくもないかな、と」

つまりどっちなの、と思わないでもないけれど。東井さんの気持ちは伝わった。

「ありがとうございます、東井さん」

「か、勘違いしないでくださいね！　別に僕はまだ、あなたを雅人の婚約者として認めたわけではないんですから!!」

そう言って、東井さんはそっぽを向いてしまう。雅人さんと目を合わせると、彼が優しく微笑んでくれたから、私も笑った。

さて。昼食をとりながら、恋愛相談会を開始する。

「それで、春日さんに實を意識してもらうには、どうしたらいいかな？」

雅人さんがいつものメロンパンを食べながら首をかしげる。

「そうですね、まずは、陽日に会ったら挨拶をする、というのはどうでしょうか？　そうすれば、陽日も東井さんを意識するのでは？」

私の提案に、東井さんは項垂《うなだ》れた。

「やりました」

「え？」

「もう、それ、やったんです。でも、彼女は僕のことを認識すらしていなかった！」

東井さんがいつものように陽日を目で追っていたある日、偶然陽日と目が合ってしまった、らしい。

『こ、こここここ、こんにちは』

東井さんが緊張しながらもなんとか挨拶をすると、陽日は首をかしげた。

『こんにちは。えっと、あの、どこかでお会いしましたっけ？』

陽日は、東井さんが生徒会長であることすら知らなかったらしい。なんというか、まぁ、それは相当ショックだったと思う。東井さんは女子生徒に人気で、ファンクラブもある。それなのに、想い人が自分を意識していないどころか、認識すらしていなかったなんて。

「そうだったの？　じゃあ、いっそのこと告白するとか？　そうすれば、さすがに認識も意識もしてもらえるよね」

雅人さん、さすがにそれは極論なのでは。ああ、でも、確かに私が雅人さんを意識し出したのは、雅人さんに告白されてからだったわ。

東井さんが、雅人さんの言葉にすっくと立ち上がる。

「そうですね。東井實、男を見せます」

「ええっ。落ち着いてください、東井さん。まずは、東井さんのことを知ってもらうことから始めてみては？」

私が雅人さんを意識し始めたのは告白されてからだけど、私たちはその前から交換日記をしてお互いを知るということを重ねてきた。

「いいえ。彼女は僕を知らないのに、僕の想いは募るばかり。だったら、告白いたしましょう」

東井さんを止めてみたものの、東井さんの意思は固いようだ。……大丈夫だろうか。

そして、ついに東井さんが陽日に告白する日がやってきた。東井さんは裏庭に陽日を呼び出すようだ。私と雅人さんは「結果が出たら報告します」と言われ、テラスで東井さんを待っている。

——と、東井さんがテラスにやってきた。その瞳は潤んでいるように見える。

ああ、やっぱり急すぎたのね。

「ま、雅人……！」

東井さんは雅人さんに泣きついた。雅人さんが優しくその背を撫でる。

「——僕に新たな友人ができました！」

「えっ？」

私たちは同時に首をかしげた。

「俺はてっきり、春日さんに告白をしに行ったと思ってたんだけど」

戸惑ったように言う雅人さんの言葉に頷く。私もそう思っていた。

「ええ、そうです。そうしたら、お友達から始めましょうと」

なるほど。賢明な判断だ。だって、陽日は東井さんのことを何も知らないものね。

「僕に、女性の友人ができるなんて！　しかも、その初めての友人が春日さんだなんて。嬉しい！」

東井さんの涙は嬉し涙だったようだ。

その後。東井さんと陽日は友人として日々を重ね、やがて、陽日の方が、友人の関係で満足してしまった東井さんに焦《じ》れて、告白したりするのだけれど。それは、また、別の話だ。

立花と真理亜の場合

一学期の最終日。生徒会の仕事を終えた後、私は彼女——相川さんに話しかける機会を窺《うかが》っていた。

「では、皆さんお先に失礼しますね」

「あっ」

相川さんが西条さんと一緒に帰ってしまう。今日を逃すと、次に会えるのは、夏期休暇明け。そうなってしまったら、もう、言えない気がした。

「ま、待って相川さん!」

私が名前を呼ぶと、相川さんが不思議そうな顔をして足を止めた。

「どうしたの?」

「少しだけ、時間をもらえないかな」

相川さんが西条さんの方をちらりと見る。西条さんは、「大丈夫だよ、待ってるね」と頷いた。

「わかったわ。場所はテラスでいいかしら？」

「うん。ありがとう」

西条さんを生徒会室に残し、相川さんと二人でテラスへ向かう。

テラスには私たち以外、誰もいなかった。

「それで、ご用件は？」

「いっぱい迷惑をかけて、巻き込んで、本当にごめんなさい」

緊張しながらだけど、なんとか言い切った。相川さんは謝罪する私に目を見開いていた。

私は自分の勘違いのせいで、王塚くんをはじめとした周囲の人たちを散々巻き込んでしまった。

もちろん、相川さんも。王塚くんが王子様だと思い込んで、パパの権力を使って無理やり相川さんから奪い取った。恨まれても仕方ないし、実際恨まれていると思う。

「……謝罪なら前に受け取ったわ。それに私だって、あなたをいじめたのよ？」

「相川さんこそ、そのことは謝ってくれたじゃない。それよりも、私の方が相川さんに酷いことしちゃった。本当にごめんなさい」

私は深く頭を下げる。相川さんが困っている様子が、なんとなく雰囲気でわかった。

「だったら、もう、これでおあいこね。……ねぇ、良かったら私の友人になってくださらない？」

「えっ!?　私のことを友達だと思ってくれるの？」

友達が欲しくて、東井さんや西条さんと親しくしていたこともあったけれど、現在の私には、友達と呼べる存在は、今は亡き幸ちゃんしかいなかった。

「あなたもそう思ってくれるなら。友情は一方通行だと成立しないでしょう？」

「うん、うん。ありがとう！　相川さん」

「立花でいいわ。真理亜さん」

——そうして、私に新たな友達ができたのだった。

真理亜と彰の場合

赤い花が揺れている。彰くんの育てる花は綺麗だ。色とりどりの花を眺めながら、彰くんを追いかけて入部した園芸部の仕事をしていると、隣にいた彰くんがふいに顔を上げた。

「もう、夏期休暇だな。……せっかくの夏期休暇なのに、こんなことをしていてつまらなくないのか？」

「だってこれは、園芸部の仕事だもん。それに、彰くんと一緒に花を育てることができて、すごく嬉しいよ」

私も少しは役に立てているのかなって、思えるから。

「なぁ、龍恩志」

彰くんは私を見て、それから何か言いたげに口を開けたり閉じたりした。なので、彰くんが話し出すのを待つ。

「良かったら、今度水やり当番じゃない日に、俺と出かけないか？」

「彰くんと？　嬉しい！」

同じ園芸部で、ゆっくりと距離を縮めて、王塚くんへ向けていた気持ちも整理するつもりだった。でも、彰くんの誘いを断る理由がない。私は彰くんに笑顔で頷く。

「どこに行こうか？」

「場所は、俺に決めさせてくれないか？　行きたいところがあるんだ」

「わかった！」

でも、どこなんだろう。彰くんに聞いてみたけれど、当日まで秘密だと言って教えてくれなかった。


楽しみにしていた、彰くんと出かける日がやってきた。服装はとても悩んだけれど、少しでも可愛いって思ってもらいたくて、可愛らしいワンピースを選んだ。

「おはよう、彰くん」

「……おはよう。……その、なんだ。その服、似合ってる」

彰くんが耳を赤くしながら、誉めてくれた。どうしよう、すごく、嬉しい。

「ありがとう！　彰くんもすごく格好いいね」

普段、制服で会うことが多いから、私服姿は新鮮だ。

「ありがとう。……じゃあ、行くか」

「うん！」

車はどこに向かっているんだろう。それを聞くことはせず、彰くんとたくさん話をした。といっても、彰くんはあんまりおしゃべりな方じゃないから、私が話して、それに彰くんが相槌《あいづち》を打ってくれる形になることが多いんだけれど。

もしかして、うるさすぎる女だとか思われてないかな。急に気になって言葉を止めると、彰くんが不思議そうに首をかしげた。

「どうした？」

「ごめんね、私ばっかりしゃべって。退屈じゃない？」

「退屈じゃない。龍恩志のことをたくさん知ることができて、嬉しい」

「ありがとう、彰くん」

ふと、窓の外を眺めると、見覚えのある景色が広がっていることに気がついた。

私が入院していた病院がある地域だ。

「ここ……」

「龍恩志と一度一緒に来てみたかったんだ。ここは、俺と龍恩志が出会った場所だから」

車が停まる。彰くんにエスコートされて車を降りると、長い間私が過ごした場所が、そこにはあった。

病院は、あの頃の面影を残したままだった。

彰くんと一緒に中庭に向かう。中庭には、今日も色とりどりの美しい花が咲いていた。

「ここで、龍恩志はいつも同じ年くらいの女の子と遊んでたな」

「知ってたの？」

「ああ。お祖父様《じいさま》の見舞いで、お祖父様《じいさま》と交流があった王塚と、ここを何度か訪れた。そのときに、中庭で楽しそうに笑う龍恩志が窓から見えたんだ。きらきらと弾けるようなその笑みに、俺はどうしようもなく惹かれた」

そういえば、私たちが初めて会ったとき、彰くんは前にも私の笑顔を見たことがあるって言っていた。

それって、そういうことだったんだ。

「俺はあまり……なるべく改善したいと思ってはいるんだが、口が回る方じゃない。特に、高等部に入ってからは前より口数が少なくなった。……それでも、龍恩志を大切にする。だから、これからもそばにいてくれないか」

彰くんの言葉に答える代わりに、私は彼に抱きついた。

「！」

彰くんは、驚いたように体を硬直させ、けれど、強く抱きしめ返してくれた。

「大好きだよ、彰くん」

「俺も、好きだ。ずっと、前から」


昼食は近くのカフェでとった。そのカフェは、オシャレな雰囲気で有名なお店で、私もいつか王子様と行きたいと思っていたから、ここにこうして二人で来られたことが嬉しい。

「ねぇ、彰くん」

「どうした？」

「彰くんは私のことを知ることができて嬉しいって言ってたけれど、私も彰くんのことを知りたいな」

私がそう言うと、彰くんは少し悩むそぶりを見せた後、小さく頷いた。

「龍恩志が望むなら」

それから彰くんは、低く落ち着いた声で話し出した。彰くんの家族のこと——彼は四人兄弟の三男だ——、趣味である園芸のこと、それから、好きな食べ物や苦手なもの。とにかく、思いつく限りのことを話してくれた。

「話してくれてありがとう、彰くん。あのね、それからもうひとつ、聞きたいことがあるの」

「なんだ？」

ずっとずっと思っていたこと。だけど、口には出せなかったこと。今なら、聞ける気がした。

「どうして、私に愛想を尽かさないでいてくれたの？」

彰くんには、私が繰り返した時間の記憶があるらしいことを少し前に聞いた。

私はずっと王塚くんを王子様だと勘違いしていたし、彰くんの悲しそうな瞳が苦手で、彼のことを避けていた。とっくに、「もう、好きじゃない」って言われても仕方のない態度だったと思う。

「俺には龍恩志が、ずっとあの日みたいに泣いているように見えていた。だから、愛想を尽かすとか、そういうことじゃなくて、なんとかして龍恩志を泣き止ませて、あの笑顔がもう一度見たいと思っていたんだ」

彰くんは、続ける。

「でも、俺は勇気が持てずにいた。もし、俺に勇気があったなら、もっと早くに龍恩志の涙を止めることができただろう。臆病者ですまなかった」

「謝らないで！　悪かったのは、ずっと勘違いしていた私だから」

「いや、俺も悪かった。だから、もし、龍恩志のしてきたことが罪だと言うなら、俺にも背負わせてくれ」

私がしたことは、多くの人を巻き込んだ。事情を知っている人には謝ったけれど、それ以外にも私の行動で影響を受けた人はたくさんいる。それは、私が背負っていくべきことで。

でも。

「彰くん、ありがとう」

一人では重すぎる荷物も、あなたとなら、抱えていける。そう、思った。


カフェでずいぶんと話し込んでしまった。もうすぐ夕方だ。そろそろ、帰る時間かな。


「龍恩志、疲れてないか？」

「うん、全然疲れてないよ」

「そうか。もし良ければ、このまま俺と夏祭りに行かないか？」

夏祭り？　確かにこの地域では、毎年この時期に花火大会を兼ねた夏祭りが開催されている。私は病院から花火の音を聞くだけで、実際行ったことはないのだけれど。毎年いいな、行ってみたいなって思っていた。

「行きたい！」

「龍恩志のお父上には、遅くなる許可をとっている」

私が頷くと、彰くんも安心したように笑った。

「そうか。じゃあ、行こう」

せっかくなので、私は龍恩志の系列店で、浴衣《ゆかた》を着付けてもらうことにする。

「さっきの服も似合っていたが。……浴衣《ゆかた》も似合ってる」

「ありがとう」

夏祭りは、花火大会が開催されるということもあって、多くの人でごった返していた。

「はぐれると、いけない。だから、その、手を繋いでも良いだろうか」

そう言う彰くんの耳は赤い。つられて、私も赤くなってしまう。

「うん」

頷くと、力強い大きな手に包まれた。ごつごつしていて、ああ、彰くんは男の子なんだなぁと、改めて思う。なんだか、心臓がどきどきして、破裂しそう。手汗とか、かいてないかな。大丈夫かな。

そんなことを考えながら、彰くんと屋台を見て回る。唐揚げ、フライドポテト、焼きそば、綿菓子、リンゴ飴《あめ》。どれも初めての味だったけれど、とっても美味しかった。

ふと、あるところに視線が留まった。射的のコーナーだ。そこにはたくさんの景品が置いてあったのだけれど、その中に大きなクマのぬいぐるみがあった。そのぬいぐるみの表情がなんだか彰くんに似ていて、笑ってしまう。

「どうした？　あれが欲しいのか」

彰くんが不思議そうな顔で私を見た。

「可愛いなって思って」

「……ちょっと待ってろ」

「え？」

彰くんは私の手を離すと、店主にお金を渡した。そして、カウンターに置いてあった銃で景品を狙う。放たれた弾は、見事にクマのぬいぐるみに当たり、棚から落下した。

「おお！　お兄さん上手いね！」

店主が笑いながら、景品のクマのぬいぐるみを彰くんに手渡す。

「ありがとうございます」

彰くんは少し恥ずかしそうにしながらぬいぐるみを受け取ると、そのままそれを私に差し出した。

「ありがとう！　彰くん。すごく格好良かった！」

私が誉めると横を向いて、耳を赤くする。

「妹に景品をねだられてやっているうちに、できるようになっただけだから、すごくない。それに、今日は緊張して、力が入ってしまった」

「ううん、すごいよ。本当にありがとう」

片手でクマのぬいぐるみを抱えながら、ぎゅっと、彰くんの手を握る。

「……どういたしまして。そろそろ花火が始まる時間だから、見えやすい場所に移動するか」

「うん！」

花火が上がる。初めて見る本物の打ち上げ花火はとっても綺麗だった。赤、青、黄色、緑……色鮮やかな花が夜空を彩る。

「わぁ、綺麗！」

「あぁ」

花火ってこんな感じなんだ。ふと、彰くんが気になって、花火から彰くんに視線を移す。すると、彼と目が合った。彰くんの目には、私だけが映っていた。そのことが、切なくて嬉しくて、胸が締めつけられる。

ああ、今、世界一幸せかも。

結局、私はそれ以降ずっと彰くんを見つめるばかりで、せっかくの花火をちっとも見ていなかった。

——花火大会が終わり、人混みに流されながらもなんとか車に乗り込み、帰路につく。

「今日はとっても楽しかった！　誘ってくれてありがとう、彰くん」

「いや、俺も楽しかった。こちらこそ、ありがとう。おやすみ」

「うん、おやすみなさい」

彰くんを見送って家の中に入る。シャワーを浴びて、自室に入った。

ベッドに横になりながら、彰くんにもらったクマのぬいぐるみをぎゅっと抱きしめる。このぬいぐるみは、一生の宝物になるのだろう。

紅葉が深まる季節になった。夏期休暇を終えた私たちは、今度は文化祭の準備で忙しくしていた。

「雅人さんのクラスは何をするんですか？」

帰りの車で雅人さんに尋ねる。

「劇をするみたいだよ」

劇。どんな劇をするんだろう。

「そうなんですね。演目は決まりましたか？」

「白雪姫だよ」

白雪姫！　大丈夫だろうか。雅人さんはすごく格好いいから、王子様役に抜擢される可能性は高い。それに白雪姫と言えば、キスシーンがある。もし、雅人さんが白雪姫役の女子生徒とキスしてしまったら……！

想像して真っ青になっていると、雅人さんは笑った。

「まぁ、俺は大道具係なんだけどね」

「良かったです！」

雅人さんの一言に、ほっと胸を撫で下ろす。

「え？　そんなに俺って演技下手そう？」

「違います。そうじゃなくて……」

正直に、雅人さんが他の誰かとキスしてしまうと思って焦ったのだと話す。

「妬《や》いてくれたんだ」

「妬きますよ。雅人さんのことが好きですから」

きっぱりと私が言い切ると、雅人さんは顔を赤くした。

「ありがとう。でも、心配しなくて大丈夫だよ。俺は、立花ちゃんにぞっこんだから」

今度は私が赤くなる番だった。

二人して照れ合っていたけれど、気持ちを切り替えるように雅人さんがごほんと咳払いをする。

「そういえばごめんね、立花ちゃん。夏期休暇、全然遊べなくて」

「いえ！　気にしないでください。私から言い出したことですから」

雅人さんは受験生だ。だから、夏期休暇はあまり遊ばないようにしようと私から提案した。会えないときでも、交換日記はメールという形で続いていたから、全然寂しくなかった。

「雅人さんは外部の大学を目指されているんですよね」

凰空学園には、付属の大学もある。けれど雅人さんは、外部の大学に進むのだと以前聞いた。

「そうだよ。實は内部進学、南は留学するみたいだし、卒業したらみんなばらばらだね」

「留学？」

光輝さん、留学するんだ。初めて聞いた。

「うん。ほら、凰空学園はイギリスに姉妹校があるでしょう？　もうそこへの推薦入学が決まっているらしいよ。受験勉強をしないで済むのは羨《うらや》ましいかな」

そうなんだ。確かに光輝さんには、受験勉強であくせくしている印象はなかった。もう、進学先が決まっていたからなのね。

その後も、他愛ない話をしながら、家に着くまでの時間を過ごした。

◇　◇　◇

さて。今日は母方の親戚が集まる会がある。でも、私たち子供は美味しいご飯を食べているだけでいいので、気が楽だ。何から食べようか、悩んでしまう。品定めをしていると、すぐ隣に誰かが立った。

「立花」

「光輝さん」

光輝さんは、以前と変わらず、今でも私のことを気にかけてくれる。そのことが、嬉しくてありがたかった。しばらく色々な話をした後、ふと、雅人さんに聞いた話を思い出す。

「そういえば、光輝さんは留学されるんですってね」

「あれ？　言ってなかったっけ」

頷く。偶然又聞きしただけで、光輝さんの口からは聞いていない。

「うん。色々と考えたのだけれど。僕も視野が狭かったなって思ったんだよ」

「そうでしょうか？」

私が首をかしげると、光輝さんは苦笑した。

「前に立花のこと、視野が狭いって言ったけど。今の立花を見てもそうは思わないよ。僕はそのことに気づくのが遅すぎた。立花を見ているようで、ちゃんと見てなかった」

「……光輝さん」

「海外に行ったからって、急に自分を変えられるとは思わないけれど、それでも何もしないよりはいいと思ったんだ」

光輝さんは大人だ。没落して初めて自省した私とは違って、自分のことをしっかりと見つめている。光輝さんのそういうところを私は尊敬している。だから、私も負けないように頑張ろうと思った。

「まあ、遅くとも立花たちの結婚式までには、日本に帰ってくる予定だから安心して」

おどけたように光輝さんは言った。

「なに、真っ赤になってるの。婚約者なんだから、いつかするんでしょう」

確かにそうなのだけれども。雅人さんと結婚。いざ、言葉に出して言われると、気恥ずかしいものがあるというか。

「兄としては可愛い妹をとられるのは寂しいけど。そのときは、デンファレの花束を贈ってあげる」

「なんで、デンファレなんですか？」

「秘密。簡単だから、そのときまでに調べといてよ」

光輝さんはいたずらっぽく笑った。

雅人の場合

俺にとっての彼女——相川立花の第一印象は、眩しい女の子、だった。

俺が彼女と中等部で出会ったときには、もう彼女は王塚の婚約者で、いつもまっすぐに王塚を見つめていた。対する王塚はと言えば、その視線を当たり前のように受け流し続けていた。

誰かの特別になる。

それが実はとても得がたいものであることを、王塚は気づいていないんだろう。いつも、實や兄さんたちに「一番」を取られてきた俺にとっては、羨《うらや》ましい限りだった。

「もったいないよな」

今日も差し入れのスポーツドリンクを持ってテニス部の練習を見に来た彼女をぼんやりと眺めて

いると、實が怪訝そうな顔で覗き込んできた。

「……雅人？」

「んーん、なんでもない」

俺だったら。あんなにまっすぐ見つめてくれる子、ほっとかないのになぁ。

……なんて、彼女みたいな人間が一番嫌いそうな振る舞いをしている俺に思われても、困るだろうけれど。

◇　◇　◇

高等部に進学して生徒会に入ってきた彼女は、やはり、俺を嫌っていた。

「相川、この資料まとめてくれる？」

「……わかりました」

仕事に支障があるほどあからさまではないけれど、その表情は硬い。原因はわかっている。俺の軽薄な態度だ。さすがに反抗期はもう終わったし、普通に戻そうと思うものの、俺は完全にそのタイミングを失ってしまっていた。

まぁ、嫌われていてもいいいか。俺と彼女が親しくなることなんて、ないだろうし。

そう、思っていた。

そんな俺と彼女の関係が変わったのは、俺が三年、彼女が二年になった頃のことだった。

彼女は、元々真面目にこなしていた生徒会の仕事に、以前にも増して真剣に取り組むようになった。どんな心境の変化があったのかは、残念ながら、俺にはわからなかったけれど。

相変わらず嫌われていたけれど、俺は不思議と彼女に対して悪い印象は持っていなかったし、彼女が変わろうと努力しているのは伝わった。

だから、俺は助けたいと思ったんだ。

「――だったら、俺が教えてあげよーか？」

俺の言葉に目を丸くした彼女に微笑む。戸惑いながらも、頷いた彼女に、俺は勉強を教えることになった。

実力でなく父親のコネでどうにかしてしまうほど勉強嫌いだったはずの彼女は、今は真面目に授業を受けているらしかった。

自分がどこにつまずいているのかを常に理解していたし、メモを取りながら俺の説明を聞く彼女の教科書には、その他にも書き込みがたくさんあった。

そんな彼女の姿に嬉しくなって、テストに向けて引き続き、勉強を教えることにした。

テストの前日。一通り教え終わり、俺が図書室を出ようとすると、彼女に引き留められた。彼女は、一度何かを言いかけ、やめた。そして、まっすぐに俺を見つめて、必ず十位以内に入ってみせると宣言した。

十位以内、というのは、本来の生徒会執行部の条件である「成績優秀であること」を気にしているのだろう。

「そりゃあまた、大きく出たね」

「さすがに無理、ですよね」

落ち込んだ様子の彼女に微笑む。彼女の努力を、俺は知っている。

そう言うと彼女は、なぜか、緊張した顔になった。

「……もし良かったら、私と友人になっていただけませんか？」

「どうして、急に？　勉強ならまた、教えてあげるよ」

尋ねた俺に、彼女は唇を噛み、そして俺を見つめた。

「勉強じゃなくて、あなたのことをもっと、知りたいんです」

他の誰でもない、俺のことを知りたい。

それは、俺がずっと欲しくて、けれど、得られなかった言葉だった。

彼女にそんなことを言ってもらえるとは思わなかったから、思わず、口元を手で押さえる。

そんな俺の様子を怒っていると勘違いしたらしい彼女は、頭を下げた。

「……ごめんなさい。自分勝手なことを言って困らせました」

「いや、違うんだ。俺、そんなこと言われたの初めてだったから。……うん、いいよ。友達になろう」

そうして、俺と彼女は友達になった。

そうなってしまえば、簡単で。元々眩しいと思っていた彼女を特別に想うのに、時間はかからなかった。

彼女とする、他愛もない話が好きだ。

距離の近づいた彼女は以前と少しだけ違う様子だけれど、それでも、王塚を見ていた。

やっぱそうだよなぁ、と残念に思いながらも、彼女が幸せならそれでいいか、とも思っていた。

そんな、ある日のこと。

王塚と彼女の婚約は解消され、新たに坂井――いや、龍恩志真理亜と王塚の婚約が結ばれた。

◇　◇　◇

彼女は、一見、平気そうに見えたけれど、ぼんやりとすることが増えたように思う。

大丈夫かな。大丈夫じゃないよな。でも、どうしたらいいんだろう。

俺は、王塚にはなれないから、彼女の根本的な憂いを取り除けるわけじゃない。

それでも、彼女に元気になってほしかった。

ある日、指を怪我して保健室に行った帰りに、彼女とすれ違った。

「っと。大丈夫か？」

階段から足を踏み外して、倒れそうになった彼女を支える。

「ありがとう、ございます」

そう言った彼女の顔色は、青い。

「って、大丈夫そうな顔じゃないな。肩貸すから、あともう少し歩ける？」

「……はい」

弱々しく頷いた彼女の肩を支えながら、俺は自分に何ができるかを必死に考えていた。

さっき出てきたばかりの保健室に戻り、彼女をベッドに寝かせる。俺はその近くに椅子を持ってきて、座った。

「ちょうど、俺も保健室で休みたかったんだよね。……それとも、俺といるとどきどきして、恋に落ちちゃう？」

いつもの俺の冗談に彼女が笑おうとして、しかし笑えない様子だった。

それには気づかないふりをして、話を続ける。

「そういえばさぁ、相川、俺と交換日記しない？」

「……は？」

目を瞬かせた彼女に、俺はもう一度言う。

「交換日記だよ、交換日記」

咄嗟に出た言葉だったけれど、我ながらいいアイデアじゃないかと思った。交換日記を友達としてみたかった――というのも、もちろん嘘じゃない。

でも、一番は、彼女に元気になってほしかったから。

交換日記だったら、口に出すよりも相談しやすいような気もする。それに、特別楽しいことじゃなくても、日常の些細なことでも日記に記すことで、少し元気が出るんじゃないかな。

幸いにして彼女も頷いてくれたので、その翌日から交換日記をすることになった。

暗い話題は、やっぱり気持ちも暗くなる。だから、日記に書く内容は、なるべく明るい話題を心掛けた。

彼女の最初の日記は一言だけだった。でも、徐々に詳細に、内容も明るくなっていった。

そのことが、とても嬉しい。俺も、役に立てている気がして。


それからしばらくが経って、体育祭の日を迎えた。

体育祭の最後のイベントが行われている頃、生徒会室で、ぼんやりと外を眺める彼女を見つけた。

「相川？　どうした、ぼーっとして」

「私……夢、書けなかったでしょう？」

「……あぁ」

夢。一瞬なんのことだろうか、と考えて、交換日記のことだと気がついた。

「私、本当は夢が、あったんです。聞いていただけますか？」

「もちろん」

「私、貴史さんのお嫁さんになりたかったんです。ううん、なりたかった、っていうよりも、なるんだって、思ってた」

そうだろうな、と思う。俺が出会ったときから、彼女は王塚の婚約者だったから。

「でも、貴史さんのことは好きじゃないって、思ってたんです。もう、全然ちっとも、これっぽっちも好きじゃないって。だから、婚約を解消したことだって、全然平気で。なのに」

「うん」

「私、貴史さんのことが」

涙で言葉を詰まらせた彼女の頭に、俺のブレザーをかける。

「泣いていいよ、相川。誰も、俺も、見てないから」

好きなんです、と何度もうわ言のように呟く彼女の背を、俺はただ撫で続けた。


それから数日後の昼休みに、テラスにいる彼女の姿が窓から見えた。項垂《うなだ》れているようだった。

「窓から、相川が見えたからさ。どうしたのかと思って」

俺が尋ねると、彼女は、新たなパートナー――婚約者を探しているのだと言った。

確かに、彼女は相川の一人娘だ。いずれ、婿《むこ》をもらわなくてはならない。でも。

「無理して探すことないんじゃないの？　相川だって、まだ心の整理がついてないでしょ」

「でも、前に進みたいんです。うずくまって泣いていても、もうどうにもならないから」

そう言う彼女の瞳には、強い意志が窺えた。

「相川は、強いなあ」

やっぱり、彼女は、眩しい。つくづくそう思った。

「――俺とか、どう？」

軽く言ってはみたものの、心臓は激しく脈打っていた。

自分がずるいことも、彼女の弱みにつけ込もうとしてるのも、わかってる。

彼女が幸せならそれでいいと思っていた。でも、本当は俺が幸せにしたい。俺を知りたいって言ってくれた、彼女を。

俺の突然の告白に彼女は戸惑っていたけれど。その日のうちに、相川と西条の顔合わせがあり、正式に俺と彼女――立花ちゃんの婚約は結ばれた。

すぐには、無理だと思うけれど。少しずつ、立花ちゃんに俺を好きになってもらえるように、頑張ろう。

◇　◇　◇

「……？」

「雅人？」

今日は新一年生の入学式だ。だけど……なんでだろう、何か大事なことを忘れている気がする。

「相川さんを見つめて、どうかしましたか？」

「いや、なんでもない」

彼女に何か、言わなきゃいけない気がした。けど、気のせいだよね。不思議そうな顔をした實に首を振る。でも、なぜか、彼女を見ると胸が温かくなる気がした。


その翌日、昇降口で偶然出会った彼女に話しかける。

「やぁ、おはよう、立花ちゃん……えっ」

「え？」

なんで、今、彼女のこと下の名前で呼んだんだろ？　わからないけれど、どこか口に馴染む。

俺も驚いたけど彼女はもっと驚いただろうと、すぐさま謝ったけれど、暗い表情をした彼女のことがなぜか気にかかった。彼女が呼ぶ俺の名前にも違和感があった。俺は、西条さんって呼ばれていたっけ？　いや、そのはずだ。昨日から、俺、おかしいな。

その日の放課後、事件が起こった。

龍恩志の息女である転入生が、自分こそが、王塚の婚約者だと告げたのだ。

王塚と相川の携帯電話が鳴り、二人が顔を見合わせる。どうやら、本当に、王塚と彼女の婚約は解消されたようだった。

彼女は、あんなにまっすぐに王塚を見つめていたはずなのに、なぜか、ほとんど取り乱したりはしなかった。まるで、事実を淡々と受け止めているような。でも、俺は、その表情が全然平気じゃない、って、知っている。……知っている？　なんで？

そのことを疑問に思うよりも先に、帰ろうとする彼女の腕を掴《つか》んでいた。

「？」

彼女が不思議そうに目を瞬かせる。

「ごめん、何言ってるかわからないだろうし、……俺自身もよくわからないけど。今の相川を、ほっときたくない」

「……西条さん」

「なんでだろ。でも、ほっといちゃ、この手を離しちゃだめだって思う」

言葉にして、はっきりとわかった。そうだ、俺はこの手を離したくない。

「……きっと、気のせいですよ」

相川は、泣きそうな顔でそう言った。

「違う。気のせいなんかじゃない」

俺は、この子を特別に思っている。眩しい子だとは思っていたけれど、それ以上に。

まっすぐに、彼女を見つめる。

「ねぇ、相川。本当は何か知ってるんじゃない？　俺が相川のことを、特別に思う理由」

固く握りしめられた彼女の手を取る。

「ね、俺とデートしない？」


俺が彼女を連れ出したのは、複合型アミューズメント施設だった。ここなら、少しは気が紛れるだろうし、もし、俺の勘が当たっているなら、彼女と来たことがあるんじゃないかと思ったから。

彼女と思う存分遊んだ後、俺は話を切り出した。

「俺、相川とここに来たことあるよね」

「……えっ？」

わかりやすく狼狽《うろた》えた彼女に頷く。

「やっぱりか。ごめん、カマかけた。ねぇ、相川。俺を信じて。……教えてよ、何があったのか。俺じゃ、力になれないかな」

俺は、好きな子ができたら、放課後ここでデートをしたいって思っていたから。だから、俺が彼女のことを好きなら、間違いなく連れてきているはずだと思った。

「……聞いて、いただけますか？」

「うん。俺を信じてくれて、ありがとう」

彼女の話によると、時間が巻き戻ったらしい。それも、今回で二度目だという。

心を入れ替え、真面目になれるように努力していたその過程で、俺と友人になった。そして彼女と王塚の婚約が解消され、龍恩志の跡取りとなった龍恩志真理亜と王塚が婚約。それから、俺と彼女は交換日記を始めたらしい。

そして――俺と婚約して、デートをした。

……なるほどね。それは、彼女を好きになるわけだ。だって、俺のことが知りたいだなんて、俺にとっては破壊力のある殺し文句だ。元々悪い印象を持っていなかったのもあって、好きになったんだろう。

……話が逸《そ》れてしまった。

王塚と龍恩志の婚約解消が知らされたときに、龍恩志が「リセット」と叫ぶと、なぜかまた龍恩志が転入してくる朝に時間が巻き戻ったと言う。

「……話してくれてありがとう。そんなことがあったんだね。時間が巻き戻って、でも、そのことを誰も覚えていないなんて、怖かったよね」

彼女が、頷く。

「もう、大丈夫だよ」

「……っ、ふ」

「よく頑張ったね」

一人きりで抱えるには大きすぎる秘密だ。彼女が泣きやむまで、俺は頭を撫で続けた。

◇◇◇

それから、彼女のことを立花ちゃんと呼ぶことにしたり、また交換日記をしたりして、俺なりに距離を縮めた。立花ちゃんの真面目なところや、素直なところに俺はまた惹かれていった。

そして。時間の巻き戻しの問題は、結局俺たちじゃなく、河北の介入によって幕を閉じた。

つまり、この恋のタイムリミットが来てしまったということだった。

「もう、今の王塚に婚約者はいない。本当の気持ちを我慢しなくていいんだよ」

巻き戻しが解決したってことは、王塚と立花ちゃんが、再び婚約を結ぶことになんの障害もなくなったということでもある。

だから。……だから、立花ちゃんは王塚を選ぶだろう、とそう思っていた。

それなのに。

「――私、雅人さんのことを一番知っている人になりたいんです」

嘘だ。そんな都合のいい夢があっていいはずない。だって、俺はいつも二番手で。それをわかっていたからこそ、勉強だけは一位を取り続けていた。でも、本当に？

「だから、その、つまり私は、雅人さんのことがす――」

真っ赤になった立花ちゃんが最後まで言い切る前に、抱きしめる。

「俺で、いいの？」

「他の誰でもない、あなたが、いいんです」

……ああ、俺、世界で一番幸せだ。

「立花ちゃん、俺の夢はね、愛のある家庭を作ることなんだ。俺と一緒に、愛を育《はぐく》んでくれる？」

「はい！」

笑顔で頷いてくれた立花ちゃんにほっとする。立花ちゃんとなら、この夢は、きっと叶えられる。

そう思った。

◇　◇　◇

そうして、俺と立花ちゃんが婚約を結んでしばらく経った日のこと。立花ちゃんは言った。

「雅人さんは自分のことを天才だって言いますよね。もちろん、それもあるのかもしれないけれど、それ以上に努力している雅人さんが好きです」

「努力してるなんて、初めて言われた」

俺は三男で、だからあまり親にも期待されていなかった。それなら最初から軽薄な態度をとっておけば、俺がこんな態度だから期待もされないのだと思える気がしていた。自分でも子供じみていると思うけれど。

「ありがとう、立花ちゃん。俺を見つけてくれて」

——その日から、俺は、軽薄な態度をとることを完全に、やめた。

◇　◇　◇

お互い大学生になり、俺は外部の大学へ、立花ちゃんは凰空大学へ進学した。

それでも週に一度は会う機会を作って、できる限り交換日記も続けていた。

「雅人さん！」

立花ちゃんの大学の前で待っていると、彼女が駆けてきた。大学生になった立花ちゃんは、以前にも増して大人っぽくなって、他の男にとられやしないか心配だ。

「そんなに急がなくても、大丈夫だよ」

俺が早く着きすぎちゃっただけだから。笑いながらそう言うと、立花ちゃんは顔を赤くした。

「だって、早く雅人さんに会いたかったから」

「！」

今度は、俺が赤面する番だった。立花ちゃんと両想いになってから数年が経つけれど、好きな子にならば、何度言われても嬉しいものは嬉しい。

「俺だって、立花ちゃんに会いたかったよ。今日の服も可愛いね」

「ありがとうございます。雅人さんもとてもかっこいいです」

じゃあ行こうかと手を差し出す。ぎゅっと握ってくれた立花ちゃんの手を握り返した。

月並みだけれど、幸せだなぁ、とそう思った。


一緒にショッピングを楽しみ、すっかり暗くなった頃。立花ちゃんが空を見上げた。

「月が綺麗ですね」

「うん、とっても」

俺が頷くと、立花ちゃんは微笑んだ。

「今まで当たり前に見ていたものも、雅人さんと一緒に見ると特別綺麗に見えますね」

そう言った立花ちゃんの瞳はとても綺麗で、俺は月よりも、立花ちゃんの方に見惚《みと》れてしまった。

それを誤魔化すように「俺も」と言うと立花ちゃんがこちらを向く。

「だけど、雅人さん、頑張りすぎないでくださいね。最近、父の仕事の手伝いに、アルバイトに、学校に、私との時間に……色々無理してるでしょう？　こうやって、雅人さんと会えるのは嬉しいけれど、雅人さんの体が心配です」

「……バレてたんだ」

最近、アルバイトの量を増やしていた。もうすぐ立花ちゃんの誕生日だから、ちょっとでもいい格好がしたくて、実は少し無理をしていた。

「雅人さんの顔を見れば、疲れているかどうかなんてわかりますよ」

お見通しだなあ、なんて言おうとして、別の言葉がぽろりと漏れた。

「……結婚しよう」

「え――」

慌てて口を押さえる。

「っあ、違う!!　今のなし！　いや、結婚したいっていう気持ちはなしじゃないけど、……嘘だろ!?」

プロポーズはもっとちゃんとした場所でするつもりだったのに。俺が社会人になって、それなりに仕事が安定してから、夜景の見えるレストランで……とかなんとか。色々考えていたのに、台無しだ。

「……ごめん、かっこ悪くて」

「雅人さんがかっこ悪かったことなんて一度もないですよ」

慰《なぐさ》めるようにそう言ってくれる、立花ちゃんの優しさがかえって辛い。

「雅人さん」

「……ハイ」

やらかしてしまったショックから未だに立ち直れない俺を、立花ちゃんがまっすぐに見つめた。

「私は雅人さんの、ちょっと見栄っ張りなところも、拗《す》ねると口数が少なくなるところも、それから意外と泣き虫なところも、ロマンチストなところも、それから……」

「ちょ、ちょっと待って、俺ってそんなに欠点だらけだった⁉」

おかしい。俺は、完璧な婚約者を目指していたはずなのに！

ちょっと泣きそうになった俺に、立花ちゃんは笑う。そして、俺の手を取った。

「欠点じゃないですよ。全部、大好きです。あなたの存在ごと。今も幸せだけれど、私は、あなたともっと幸せになりたい。……だから、はい、もちろん、喜んで。一緒に素敵な家庭を築きましょう」

「……かっこ良すぎだよ、立花ちゃん」

それでも、立花ちゃん曰《いわ》く、「ロマンチスト」な俺は数年後、プロポーズのやり直しをするんだけれど。それは、また別の話だ。

貴史の場合

『貴史さん』

俺を見つけると、笑いながら駆け寄ってくる。それは当たり前の光景で、これからもずっと続いていくのだと、なんの根拠もなしに信じていた。

けれど。

「――雅人さん！」

立花が笑いながら駆け寄るのは俺ではない。

西条さんと笑い合っている立花を見ながら、ぼんやりと考える。何か伝えていれば、今は違っていただろうか、と。

俺と立花が初めて出会ったのは、婚約者としての顔合わせの日だった。もちろん、子供だった俺たちにそんな大人の思惑は伝えられず、友達を作るという名目のもとに行われた会だった。

俺は当時、従姉《いとこ》に恋愛感情を抱いており、この会が嫌でたまらなかった。身勝手だとは知りながら、立花にも苛立ちを感じていた。

けれど。そんな気持ちは、ただひたすらに俺に向けられる好意によって、徐々に変わっていく。

立花の愛情表現は、時に息苦しいと感じることもあったけれど、それ以上に心地好さを感じていた。

本当は知っていた。

淡い色が好きなのに、濃い顔立ちを気にして、いつも濃い色を身にまとっていたことも。照れると俯《うつむ》くことも。泣きそうになると親指を隠すようにして手を握り込むことも。

それは、それだけ俺たちが婚約者としての年月を重ねてきたということであり、俺自身が立花を見ていた証《あかし》でもあった。

出会ったときからずっと、俺に好意を寄せてくれる立花を見ていた。口に出さなくても全てわかってくれていると、勝手に思い込んでいた。それが当たり前なのだと胡座《あぐら》をかかずに、俺自身もお前を特別に思っていると伝えていたら。そうしたら、何かが違っていただろうか。

確かなことは、俺は何も伝えず、今の俺の隣に立花はいないということだった。

「……はぁ」

思わずため息をつく。胸が痛い。失って初めてわかる、存在の大きさ。

今度大切な存在ができたなら、言葉を惜しまないようにしよう。そう決めて、顔を上げた。

◇　◇　◇

遠くで鐘が鳴る。二人を祝福する鐘の音はどこまでも澄んでいた。

「結婚おめでとう、立花、西条さん」

「ありがとう、貴史さん」

「ありがとう、王塚」

二人が幸せそうに笑う。なんだか、二人は笑い方まで似てきた気がする。そのことを指摘すると、二人とも嬉しそうな顔をした。

「そんなことよりも、貴史さん。お子さんは、いつ生まれるの？」

「二ヶ月後だ」

「妊婦教室には一緒に行ってるの？」

西条さん――婿《むこ》入りしたから、もう相川さんだが――の言葉に頷く。

「はい。沐浴《もくよく》を練習したり、オムツの替え方も習いました」

「準備はばっちりだね」

「ええ、生まれてくるのが楽しみです。妻は今日は大事をとって実家にいますが、出席できないのを残念がっていました。たくさん写真を撮ってくるように頼まれたので、まず一枚、いいですか？」

「もちろん。格好良く撮ってね。立花ちゃんはとっても綺麗だからどう撮られても大丈夫だよ」

西条さんの言葉に頬を染める立花を微笑ましく思いながら、シャッターを押す。

純白のドレスに身を包んだ立花も、白のタキシードを着た西条さんも、とてもお似合いだった。

でも、俺も負けないくらい、今は幸せだ。

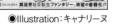

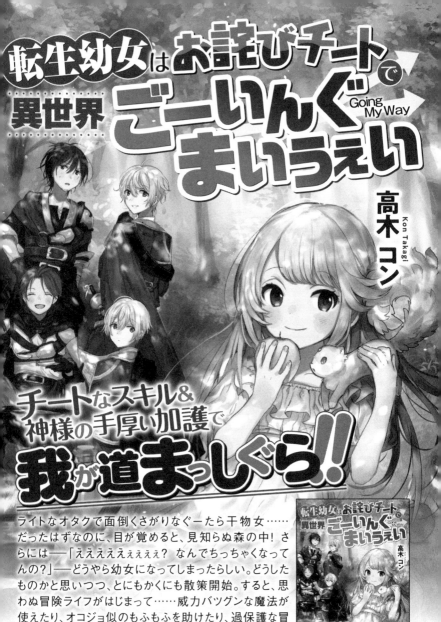

この作品に対する皆様のご意見・ご感想をお待ちしております。

おハガキ・お手紙は以下の宛先にお送りください。

【宛先】

〒150-6008 東京都渋谷区恵比寿4-20-3 恵比寿ｶﾞｰﾃﾞﾝﾌﾟﾚｲｽﾀﾜｰ 8F
（株）アルファポリス　書籍感想係

メールフォームでのご意見・ご感想は右のＱＲコードから、
あるいは以下のワードで検索をかけてください。

アルファポリス　書籍の感想　検索

ご感想はこちらから

本書は、「アルファポリス」（https://www.alphapolis.co.jp/）に掲載されていたものを、改稿のうえ書籍化したものです。

傲慢悪役令嬢《ごうまんあくやくれいじょう》は、優等生《ゆうとうせい》になりましたので

夕立悠理（ゆうだち ゆうり）

2021年 5月 5日初版発行

編集－堀内杏都・倉持真理
編集長－塙 綾子
発行者－梶本雄介
発行所－株式会社アルファポリス
〒150-6008 東京都渋谷区恵比寿4-20-3 恵比寿ｶﾞｰﾃﾞﾝﾌﾟﾚｲｽﾀﾜｰ8F
TEL 03-6277-1601（営業） 03-6277-1602（編集）
URL https://www.alphapolis.co.jp/
発売元－株式会社星雲社（共同出版社・流通責任出版社）
〒112-0005 東京都文京区水道1-3-30
TEL 03-3868-3275
装丁・本文イラスト－日下コウ
装丁デザイン－AFTERGLOW
印刷－中央精版印刷株式会社

価格はカバーに表示されてあります。

落丁乱丁の場合はアルファポリスまでご連絡ください。

送料は小社負担でお取り替えします。


ISBN978-4-434-28802-9 C0093